Matthias Gundel

Die Zeitzauberfeder

Geschichten zum Weiterdenken – Band 5

Impressum

Bibliografische Information der Deutschen
Nationalbibliothek:
Die Deutsche Nationalbibliothek verzeichnet
diese Publikation in der Deutschen
Nationalbibliografie; detaillierte bibliografische
Daten sind im Internet über http://dnb.dnb.de
abrufbar.

Text und Idee:
© 09/2020 Matthias Gundel

Covergestaltung und Lektorat:
© 09/2020 Martina Gundel

Herstellung und Verlag:
BoD – Books on Demand, Norderstedt
ISBN: 978-3-7526-0602-7

Die warme Sommersonne wärmte die Weinreben, die sich Reihe für Reihe am oberen Hang des kleinen Städtchens an den Berg schmiegten. Dieser Sommer war wieder einmal ganz besonders heiß und ließ sowohl die Temperaturen, als auch das Thermometer an seine Belastungsgrenzen kommen.

Berti und Lazi waren glücklich darüber, denn das Geschäft mit ihren leckeren Weinen boomte von Jahr zu Jahr etwas mehr. Die beiden lebten schon seit einer kleinen Ewigkeit in der Abgeschiedenheit, die aber trotzdem nicht weit von einem ganz besonderen Erholungsort lag. Viele Touristen kamen die ganze Saison über zu ihnen auf ihr Weingut, um sich dies anzuschauen. Dabei blieb es natürlich nicht, denn die beiden hatten stets auch die eine oder andere Köstlichkeit bereit, die sich die Besucher schmecken ließen.

Berti und Lazi bescherten so manchem Gast eine unbeschwerte Zeit weit ab vom Trubel und der Hektik des Alltags, denn jeder Besucher genoss die Einmaligkeit des Weingutes in ganz besonderem Maße. Die Geschichte dieses Gebietes ging dabei weit in die Vergangenheit zurück, denn schon Generationen vor Berti und Lazi haben sich hier erfolgreich auf die Kunst kulinarischer Genüsse begeben.

Im Laufe der Zeit wuchs um das Weinbaugebiet auch die Gegend durch die eine oder andere Schönheit, nicht zuletzt durch eine nicht allzu große Olivenplantage, die das nostalgische Wohnhaus der beiden umrahmte. Dies war in einem dunkelrot gehalten und hatte zahlreiche Fenster sowie einen uralten Eingang aus Olivenholz. Hielt man sich in dieser Gegend auf, so um spielte einem der wohlriechende Duft von Zitronen und Orangen. Berti und Lazi liebten es, sich nach Feierabend auf ihrer großen Terrasse aufzuhalten und saßen dabei auf ihrer Holzbank, um die Weiten ihres Weingutes zu überblicken. Am Horizont leuchtete die Sonne bereits in tiefstem rot und hinterließ einen leichten, bläulichen Schimmer.

Die Atmosphäre war an diesem Abend mehr als entspannt und sowohl Lazi, als auch Berti ließen es sich bei einem Glas ihres edelsten Rotweines sichtlich gut gehen. Dazu gab es einen kleinen Teller mit Käse, Tomaten und etwas Wurst kombiniert mit vorzüglichem Fladenbrot. Aus der Ferne konnte man das leise Rauschen des Spätsommerwindes deutlich vernehmen. Die beiden Betreiber des Weingutes waren schon in die Jahre gekommen, dachten aber beim besten Willen nicht daran, mit ihrer Arbeit aufzuhören. Genau das Gegenteil war der Fall, denn beide planten bereits die neue Sommersaison und schmiedeten Pläne, was sie ihren künftigen Gästen für Attraktionen bieten könnten.

Zu mittlerweile fortgeschrittener Zeit brach die blaue Stunde herein, ein Zeitpunkt, den Berti ganz besonders liebte. Es war jener Moment, an dem es zu spät für den Abend, aber auch gleichzeitig zu früh für die Nacht war. Weder die Sonne war vollkommen am Horizont verschwunden, noch der Mond bereits richtig aufgegangen. In der Luft hing noch immer die wärmende Atmosphäre und der Geschmack des Rotweines machte sich auf den Gaumen von Berti und Lazi breit. In diesem Augenblick beherrschte vollkommenes Glück und Harmonie die Gesamtsituation.

Nach und nach wich schließlich die Wärme des Tages und es wurde langsam Zeit, die vielen kleinen Kerzen auf dem Holztisch anzuzünden. Berti und Lazi ließen so den Tag ausklingen und freuten sich schon auf morgen, da dies der letzte Besuchertag in dieser Sommersaison war. Hier war für gewöhnlich immer nochmals ein hoher Andrang an Gästen, aber die entgegengebrachte Dankbarkeit und Wertschätzung wogen dies für beide bei Weitem auf.

Ganz schön aufregend war die Suche nach dem verschwundenen Rezeptbuch von Lunelli Lebkuchen und Zetha Zimtstern. Unki, Mitti und Mogli waren dabei eine wichtige Hilfe. Die aufregende Tour zum Zauberer Zirini zusammen mit Willibert Wiesel und ihren Freunden haben sie allerdings sichtlich erschöpft. Grund genug, dass sie sich im Anschluss an die erfolgreiche Ermittlung durch den Meisterdetektiv eine Auszeit gegönnt haben. Das Flair und die Gegend südlicher Länder hatte es den beiden schon immer angetan. So kam es, dass sie für ein paar Tage mit einer alten Corvette ihren verdienten Jahresurlaub anbrachen. Der Märchenbus hatte zu dieser Zeit seine Pause, denn vielleicht kommt früher als gedacht eine neue Weihnachtssaison, an der dieser wieder zum Einsatz kommt.

Unki und Mitti waren nun also zusammen mit ihrem Hund Mogli in einer kleinen und verträumten Stadt, um sich dort ein wenig zu erholen. Das Schöne an diesem einmaligen Örtchen war, dass dies in unmittelbarer Nähe an einen großen See lag. Dort gab es unzählige Möglichkeiten der Freizeitgestaltung, aber genauso gut konnte man einfach auch nur durch Nichtstun die Seele baumeln lassen. Bei einem ihrer vielen Rundgänge durch den Ort entdeckten die beiden einen zunächst unscheinbaren Schreibwarenladen in einer der zahlreichen, verwinkelten Seitengassen.

Leider hatte dieser sehr ungewöhnliche Öffnungszeiten, sodass sie schon eine extra große Portion Glück brauchten, um den verlockenden Laden einen Besuch abzustatten. Eines späten Nachmittags war es dann aber soweit und dies war einer der Tage, an dem die beiden vollkommen ohne Vorwarnung in ein neues Abenteuer schlidderten.

Schon beim Betreten des Ladens wurden sie mit einer wohlriechenden Duftkomposition aus frischem schwarzen Tee und lieblicher Limone begrüßt. Klein, aber fein war die Einrichtung gewesen: In beiger Farbe gehalten entdeckten Mitti und Unki zwei große Regale und selbstverständlich auch einen Verkaufstisch. In den Regalen befanden sich auf den ersten Blick alte Bücher in den unterschiedlichsten Größen und Sprachen. So gab es zum Beispiel Lesebücher, aber genauso auch einen Weltatlas. Auf dem Verkaufstisch waren liebevoll Ansichtskarten, Stifte und allerlei Briefpapier aufgebaut. Dahinter stand der Chef und gleichzeitig auch Verkäufer, der Unki und Mitti mit einem freundlichen Lächeln und einem italienischen Gruß begrüßte.

Unki und Mitti erwiderten diesen, auch wenn beide nicht der Landessprache mächtig waren. Nachdem sie sich im kleinen Laden etwas umgesehen haben, kamen sie mit dem Inhaber doch in ein etwas längeres Gespräch. Wie sich herausstellte, war die Verständigung doch relativ einfach, weil der Verkäufer ein Genie im Sprachelernen war. Seine Nickelbrille steckte er behutsam in sein gelbes Seitenhemd und strich sich kurz und verlegen über sein schütteres, graues Haar.

„Es freut mich, dass Sie den Weg in meinen Laden gefunden haben. Wir haben hier die außergewöhnlichsten und seltensten Dinge, die das Herz eines jeden höher schlagen lässt, der gerne Schreibsachen und Bücher mag."

Unki und Mitti folgten nicht nur seinen Worten, sondern vernahmen auch den Klang von leiser, klassischer Musik, die im Hintergrund spielte. Nach wie vor von dieser Situation gebannt, hörten sie dem älteren Mann weiterhin aufmerksam zu.

„Gestatten, dass ich mich vorstelle. Mein Name ist Masi Masionelli und ich führe diesen Laden hier schon solange ich nur denken kann. Sowohl meine Großeltern, als auch meine Eltern haben hier schon ganz viele Unikate unter die Menschen gebracht. Das Motto lautet bei uns immer: mach den Kunden glücklich, dann bist du auch glücklich. Aber ich rede schon wieder zu viel. Was haben Sie denn überhaupt für einen Wunsch? Womit darf ich Ihnen helfen?", fuhr der Mann in seinem fast nicht mehr enden wollenden Rausch an Wörtern fort.

„Nun, lieber Herr Masionelli, wir haben einfach so großes Interesse an Schreibsachen in jeglicher Form. Ihr Schaufenster hat uns in den letzten Tagen immer wieder dazu eingeladen, hier vorbeizuschauen.", erwiderte Unki freundlich und hielt einem der Briefblöcke in ihren Händen.

„Ganz seltenes Papier, werte Dame. Stammt aus Mailand und ist von Hand geschöpft. Edel und elegant zugleich.", begann der Verkäufer seine Ausführungen.

„Nun dürfen wir uns auch vorstellen: Mein Name ist Unki und das ist mein Mann Mitti. Zusammen mit unseren Hund Mogli machen wir gerade einen gemütlichen Urlaub, um uns eine kurze Pause vom Alltag zu gönnen.", berichtet Unki mit Enthusiasmus. Mitti betrachtete unterdessen die einmaligen Schreibbücher, die ganz am anderen Ende des Verkaufstisches aufgebaut waren. Eines war schöner als das andere. Die Einbände fühlten sich etwas rau, aber trotzdem sehr wertvoll an und sie hatten wirklich einmalige Motive. So gab es eine kleine Landschaft mit Häusern, ein andermal befanden sich nur schöne Blumen als Einband auf den Blankobüchern. Dabei fiel es ihm sehr schwer zu entscheiden, welches man mitnehmen sollte, wenn man wieder nach Hause ging.

„Oh, Herr Masionelli, diese Schreibbücher sind wirklich einmalig. Ich habe noch nie so schöne und seltene gesehen.", sprach Mitti plötzlich vor sich hin.

Der Verkäufer lachte dabei nur und freute sich über das indirekt ausgesprochene Lob. Was er an dieser Stelle nicht sagte war, dass seine Frau und er die Bücher selbst herstellten.

Von draußen hörte man das Klirren und Klappern von allerlei Kaffeetassen und Tellern aus den angrenzenden Cafés in dieser Seitenstraße, da wie an jedem Tag geschäftiges und munteres Treiben herrschte.

Unki und Mitti betrachteten weiterhin die wundervollen Bücher, bis ihr Blick auf eine zusätzliche und ebenso außergewöhnliche Sache fiel – eine Schreibfeder, die ebenfalls im Sortiment seines Schreibwarenladens vorhanden war.

„Darf ich Ihnen meine Kollektion an Schreibfedern präsentieren?", fragte der Verkäufer die beiden Urlauber. Ohne auf ihre Antwort zu warten, kramte er unter seiner Ladentheke und legte einige Schachteln auf den ohnehin schon gut ausgefüllten Tisch. Im Laufe der nächsten Minuten bekamen die Beiden die tollsten Schreibfedern gezeigt.

Mitti und Unki schauten sich keine Sekunde an und waren sich ohne Worte gleich darüber im Klaren, dass sie ohne ein Schreibset den Laden nicht wieder verlassen werden. „Wir nehmen sehr gerne etwas von ihrem extravaganten Sortiment, werter Herr, allerdings können wir uns noch nicht so richtig entscheiden...", begann Mitti etwas zögerlich. Seine Frau Unki setzte dann den Gedankengang fort: „Wir nehmen bitte einmal das große Buch mit dem herrlichen, mediterranen Motiv auf der Vorderseite."
Mitti ergänzte dahingehend „und dazu bitte die Schreibfeder in den Regenbogenfarben mit samt der goldenen Feder."
Herr Masionelli beglückwünschte die beiden Kunden für ihre sehr gute Wahl und verpackte sowohl das Buch, als auch die Feder ganz vorsichtig in Papier. Unki und Mitti traten äußerst zufrieden über ihren erstandenen Einkauf den Weg zurück in die Unterkunft an. Mogli war bei diesen sehr heißen Temperaturen ebenfalls an seine persönlichen Grenzen gekommen. Ein kleiner Ventilator, den er sich an sein Halsband gebaut hatte, half ein wenig für die gewünschte Abkühlung.

Nachdem Unki und Mitti das Schreibwarengeschäft von Herrn Masionelli verlassen hatten, hat sich dieser noch mit seiner

Frau unterhalten, die das Verkaufsgespräch aus dem Nebenzimmer mitbekommen hat.

„Ich hoffe, du hast den beiden Kunden nichts von der Besonderheit unserer Schreibsets erzählt, mein Lieber!", mahnte sie ihren Mann.

„Nein, nein!", beteuerte er aufs heftigste und schmunzelte dann sogleich mit seiner Frau gemeinsam. Nur zu gerne würde er miterleben dürfen, wie es Unki und Mitti mit dem besonderen Notizbuch und der Zeitfeder ergeht.

Am nächsten Tag stand die Sommersonne bereits schon wieder sehr früh mit ihren warmen Strahlen am wolkenlosen Himmel. Unki und Mitti haben es sich an diesem Morgen mit einem leckeren Cappuccino an einem ruhigen Plätzchen gemütlich gemacht und vor ihnen lagen wie eine Trophäe das Buch und das Schreibutensil, das sie gestern stolz erworben haben. Der Einband des Blankobuchs lud schon beim Betrachten zum Träumen ein. Man konnte eine kleine Feldlandschaft mit einer beachtlichen Anzahl von Sonnenblumen darauf entdecken. In der rechten Hälfte war noch ein kleines Bauernhaus angedeutet und im Hintergrund waren die Ansätze einer Stadt zu sehen. Betrachtete man das Cover genauer, war einem sofort klar, dass es sich um ein Bild zur Spätsommerzeit handeln musste.

Daneben hatte Unki die Schreibfeder fein und ordentlich gelegt, die mit Tinte aus dem mitgelieferten, farbigen Fässchen benutzt werden konnte. Einige Zeit später machten sich Unki und Mitti auf den Weg zu ihrem Tagesausflug. Sie hatten gestern Abend noch erfahren, dass am heutigen Tag ein weltberühmtes Weingut zum letzten Mal für diese Saison geöffnet hat. Dies war Grund genug, dorthin einen Abstecher zu unternehmen, vor allem auch deshalb, weil in der Stadt viele gute Meinungen darüber herrschten.

So kam es dann auch und die beiden machten ihre Bekanntschaft mit Lazi und Berti, nachdem sie zunächst eine ausführliche Führung mit anschließender Verkostung erlebt hatten.

Nach und nach sind die übrigen Besucher nach Hause gegangen und sie hatten für die restlichen Gäste noch ein bisschen Zeit. „Nun, liebe Freunde, werden wir unsere diesjährige Saison auf unserem Weingut beschließen. Wie es die alte Tradition unserer Vorfahren so gemacht hat, werden wir euch gleich noch ein paar Gedanken vorlesen, die zwar aus einer Zeit weit vor unser aller Zeit stammen, aber für uns nicht weniger an Bedeutung verloren haben. Nein, vielleicht sind die Worte gerade heutzutage von großer Bedeutung.", sprach Lazi zu den Gästen.

Alle saßen noch in gemütlicher Runde beisammen und genossen sowohl die äußerst angenehme Atmosphäre, als auch den leckeren Rotwein, den sie bekommen haben. Berti ergänzte kurz die Worte seiner Frau und holte zugleich eine Pergamentrolle aus dem angrenzenden Wohnhaus, um diese den Gästen vorzulesen. Gespannt lauschten alle seinen Worten:

Liebe Freunde, gestattet, dass ich euch einige Minuten eurer Lebenszeit nehme, weil ich euch zu gerne ein paar meiner Gedanken mit auf euren weiteren Lebensweg geben möchte. Nein, es soll weder belehrend sein, noch in Oberlehrermanie in euren Ohren ankommen. Vielmehr möchte ich euch zu gutem Wein auch passende Sätze servieren.

Bedenke bei allem, was du tust, nicht das zu tun, was andere von dir erwarten. Vielmehr mach das Richtige und vor allem das, was dein Herz dir sagt.
Bedenke bei allem, was du tust, dass die Wahrheit das höchste Gut im gegenseitigen Umgang ist. Wertschätzung und Aufrichtigkeit sind dabei weitere ganz entscheidende Eckpfeiler des Zusammenlebens.

Bedenke bei allem, was du tust, dass du ganz im hier und jetzt bist. Es ist entscheidend, eine gute Zeit zu haben. Das Leben ist ein Abenteuer – also mach etwas daraus!

Bedenke bei allem, was du tust, dass dein Kopf auch genügend Freiraum hat. Dieser sollte nicht nur mit Aufgaben oder Terminen vollgestopft sein. Nein, auch dein Kopf braucht Raum und Freiheit, um sich entfalten zu können.

Bedenke bei allem, was du tust, dass sie jede einzelne Sache Pflege und Fürsorge benötigt. Vergiss dabei nie genügend Wasser für deine Blumen, Beeren, Bäume und deinem Gemüse im Garten. So ist es auch im Umgang mit den anderen, die in deinem Leben sein wollen, aber auch manchmal sein müssen.

Bedenke bei allem, was du tust, dass ohne Liebe überhaupt nichts möglich ist. Ohne die Liebe ist dein Leben nur eine leere Schale, ohne Inhalt.

Bedenke bei allem, was du tust, dass eine Portion Bescheidenheit noch keinem geschadet hat. Kein Übermut oder Überfluss hat je zu einem wahren Erfolg geführt.

Bedenke bei allem, was du tust, dass du stets verantwortungsvoll und achtsam handelst. Dabei gibt es nur diese Zeit, jeden einmaligen Moment. Koste ihn aus!

Bedenke bei allem, was du tust, die nötige Geduld und Ruhe sowie deinen Glauben in stürmischen Zeiten zu bewahren. Jeder Stein am Ufer hat auch noch so große und heftige Wellen ausgehalten. Schenkt dir dein Leben eine Olive, mach einen Olivenbaum daraus. Ist der Olivenbaum in voller Blüte, mach einen Olivenhain. Der Weg zu deinen Zielen soll erfüllt sein voller Freude. Auf dass du nicht nur für das Ergebnis arbeitest, sondern durch deinen Einsatz unzählige Erfolge erlangst.

Bedenke bei allem, was du tust, dass du deinen Neidern und Feinden vergibst. Auch sie haben eine Berechtigung zum Leben. Vergibst du ihnen ihre schlechten Taten, die ihre Spuren an dir hinterlassen haben, dann handelst du weise und klug. Die Wunden werden verblassen und du kannst diese Erinnerungen loslassen.

Bedenke bei allem, was du tust, dass deine Erinnerungen ein weiterer Baustein in deinem Leben sind. Bewahre dir ebenso deine Erfahrungen. Dies sind Schätze, die dir keiner nehmen kann.

Mit diesen Worten endeten die Gedanken, die Berti seinen Besuchern zur mittlerweile späteren Stunde vorgetragen hat. Nach einer längeren Zeit des gemeinsamen Schweigens haben sich alle, bis Unki, Mitti und Mogli auf den

Nachhauseweg gemacht. Unsere drei kannten
solche tiefsinnigen Sätze und Gedanken bereits
aus früherer Zeit und auch aus den Geschichten
mit dem Märchenbus in der Lebkuchengasse.
Die Situation nahmen sie gleichzeitig zum
Anlass, um mit Berti und Lazi noch einige Zeit
über die gesprochenen Worte zu philosophieren.
Im Laufe ihrer angeregten Unterhaltung
bemerkte Lazi das seltene Schreibbuch und die
Feder, die Unki und Mitti nach wie vor bei sich
hatten.

„Sagt mal: Diese Schreibfeder und das Buch sind
wohl eine Erinnerung an diesen Urlaub?", fragte
Lazi schließlich voller Neugierde.

„Ja, ja, die haben wir für uns selbst gekauft, weil
wir eine Erinnerung an die Zeit hier haben
wollten.", beantwortete Unki sehr spontan ihre
Frage, ohne weiter über den Sinn nachzudenken.

„Man sagt ja, dass derartige Büchern und Federn
eine ganz besondere Eigenschaft haben.",
ergänzte Berti.

„Wie genau meint ihr das denn?", fragte Mitti
gleich weiter nach. Leider gab es von Lazi und
Berti hier nur eine vage Aussage, dass man sich
im richtigen Zeitpunkt einfach überraschen
lassen sollte. Wann dieser Moment kommen
würde, konnten die beiden auch nicht sagen. Klar
war aber, dass sich Unki, Mitti und Mogli bereits

inmitten von neuen Abenteuern befanden, wie sich bald herausstellen sollte.

Nach diesen vielen Fragen, von denen es noch einige offene Antworten gab, verabschiedeten sich mit beiden von ihren Gastgebern und traten ihren Heimweg an. Den restlichen Urlaub genossen sie in vollen Zügen bei herrlichsten Wetter und zahlreichen unvergessenen Augenblicken.

Zu Hause wieder angekommen, lag das besondere Buch und die einmalig schöne regenbogenartige Feder zunächst einige Zeit auf dem Schreibtisch. Eines spätsommerlichen Abends geschah jedoch etwas damit, dass bei Unki und Mitti mit allergrößter Spannung mitverfolgt wurde. Nachdem es dem ganzen Tag über sehr heiß war, entlud sich die Hitze mit einem mächtigen Gewitter. Unki und Mitti verkrümelten sich auf ihr Sofa, um gemütlich bei Kerzenschein ein schönes Buch zu lesen. Da Mogli bei weitem kein Freund von derartigen Wetter war, hat sich dieser unter dem Tisch verzogen und versuchte ein Nickerchen zu machen. Zum Glück dauerte das Gewitter nicht allzu lange und es kam gleichzeitig ein kühler Regen auf. Unki öffnete die Terrassentür und lief dabei am Schreibtisch vorbei, auf dem die beiden Erinnerungen aus dem letzten Urlaub lagen. Doch irgendetwas war jetzt anders.

Weder Mitti, noch sie hatten das Schreibbuch mit der Feder in den Händen. Dennoch lag es auf einmal aufgeschlagen auf dem Tisch und die bunte Feder stand schreibfertig auf dem Papier. Unki und Mitti waren sich nicht sicher, was mit ihren Schreibutensilien geschehen war, dachten sich aber auch nichts weiter dabei. Kurze Zeit später vernahmen diese eine leise, bisher nicht bekannte Stimme, die ihnen folgendes sagte:
„Meine Lieben, ich hoffe, ihr könnt mich hören und seid nun nicht gleich erschrocken! Ja, euch meine ich: Ihr beiden, die ihr da drüben auf dem Sofa seid und eure Nasen in ein Buch steckt!"
Am Rande sei angemerkt, dass Unki und Mitti die Geschichte von „Zirinis Zauberstube" lasen, die sie im vergangenen Jahr zum entscheidenden Teil selbst miterlebt haben.
„Hast du das gerade gesagt?", murmelte Unki noch im Gedanken versunken zu ihrem Mann Mitti. Leicht zögerlich kam von diesen die Antwort: „Ich? Nein, ich bin hier ruhig mit unserer Geschichte auf der Suche nach dem Rezeptbuch von Lunelli und Zetha beschäftigt.", erwähnte Mitti leise und beiläufig und dachte sich genau wie seine Frau nichts weiter zu der mysteriösen Stimme, die sie gerade eben gehört hatten.

Einen Moment später gab es einen weiteren Anlauf. „Na, da sind aber welche ganz schön mit dem Lesen vertieft. Ich bin hier drüben, kommt´ doch mal bitte zu mir und schaut!"
Unki und Mitti schauten sich weiterhin fragend an, bis sie beschlossen, zu ihrem Schreibtisch zu gehen. „Na endlich! Braucht ihr immer so lange? Dachte schon, euch interessiert gar nicht, wer da spricht."
Wie gebannt starten die beiden auf die Schreibfeder aus ihrem Urlaub und brachten beim besten Willen kein Wort heraus. Mogli gesellte sich schwanzwedelnd zu ihnen, da ihr treuer Freund für seine ungebremste Neugier sehr bekannt war. Die Feder zeigte einen ständigen Farbwechsel in sämtlichen Farbspektren des Regenbogens an und tanzte munter auf den leeren Buchseiten.
„Also nochmals von vorne, meine Lieben. Nein, ich will beim besten Willen keine Fragen oder erstaunte Gesichter haben. Hört mir bitte erst genau zu, denn ich muss euch eine wichtige Information geben. Ihr habt mit mir eine ganz besondere Feder gekauft. Ich bin nämlich eine sogenannte Zeitfeder, die es euch erlaubt auf Wunsch überall da zu sein, wo ihr gerade sein wollt. Ihr könnt euch aber auch eine Überraschung wünschen und ich erfülle euch diese genauso gerne.

Mit mir dürft ihr zu jeder Zeit in jedem Raum sein. Nur eines mache ich nicht mit: Ich verändere weder die Vergangenheit, noch die Zukunft. Außerdem bin ich auch keine Hellseherfeder oder ein Gegenstand, der euch ewigen Reichtum beschert.", erklärte die Feder den Beiden und versuchsweise auch dem Hund Mogli.

„Na wenn das so ist, wie geht das mit der Zeit oder der Überraschung?", fragte Unki die Feder keck und es war gerade so, als ob das alltäglich ist, mit einer nostalgischen Schreibfeder zu sprechen.

„Ganz einfach. Wenn ihr zur Ruhe gekommen und bereit seid, dann denkt euch ein Ziel aus, einen Ort, einen Wunsch oder was ihr sonst noch so wollt und oder euch in den Sinn kommt. Ich versuche dann eure Gedanken zu lesen und entführe euch zu dieser Situation. Dort seid ihr aber nur Zuschauer, trotzdem direkt im Geschehen mit dabei. Wenn ihr zurück wollt, dann müsst ihr euch nur das ganz fest denken. Unser Eingang bzw. Ausgang ist das leere Buch hier, das vor uns liegt."

Mitti und Unki wussten nun nicht, was sie sagen sollten. Allerdings waren die Beiden ebenso für ihre Abenteuerlust bekannt. Auf den nachlassenden Regen folgte die herannahende Nacht, die eine deutliche Abkühlung brachte.

Unki und Mitti waren inzwischen wieder auf ihrem Sofa zurückgekehrt und dachten über die Worte der Schreibfeder nach. „Eine Zeitfeder? Sowas habe ich wirklich noch nicht gehört. Reizen würde es mich schon.", begann Mitti laut nachzudenken.

„Sehe ich ähnlich, mein Lieber. Wir könnten es doch mal wagen? Nur ein Versuch, eine kleine Geschichte. Wenn es nichts für uns ist, dann legen wir alles wieder in den Schreibtisch und gut ist es.", ergänzte Unki die Ausführungen ihres Mannes. Dabei hegte sie insgeheim den Wunsch, dass sich Mitti ebenso für eine kleine Tour mit der Feder und im Buch entscheiden würde. Gesagt – getan. Ohne weiter darüber nachzudenken, beschlossen Unki und Mitti sich auf ein Abenteuer mit ihrer Zeitfeder und dem Zauberbuch einzulassen.

Gemeinsam gingen sie zum Schreibtisch zurück und versuchten mit der Feder zu reden, leider blieb dieses Mal alles ohne den gewünschten Erfolg. „Moment mal! Hat die Feder nicht gesagt, dass wir uns etwas denken sollen? Vom Reden war überhaupt nicht das Thema.", erinnerte sich Unki vage. Ihr Mann Mitti nickte beipflichtend und so kam es, dass sich beide kurz abgesprochen haben, welches Abenteuer sie sich als einen gewissen Probelauf wünschen wollten. Sowohl Mitti, als auch Unki setzten sich wenige

Minuten später an den Schreibtisch und dachten
nach:
„Wir könnten doch mal eine kleine Reise in die
Vergangenheit wagen. Zu einer Zeit, in der noch
in der es noch modern war, dass man in
sogenannte „Tante – Emma – Läden"
einkaufte."
Dabei dauerte es kaum ein paar Sekunden, bis
die Feder erneut zum Tanzen auf dem Buch
begann und sich Mitti und Unki inmitten von
unzählige hell leuchtende Sterne befanden, bis
sie in einem richtig nostalgischen Laden waren.
In diesem Kolonialwarenladen konnte man eine
kleine, aber feine Auswahl an verschiedenen
Delikatessen, aber auch Haushaltswaren und
Dinge für den alltäglichen Gebrauch finden.
Richtig schick war das Geschäft eingerichtet. Die
lange Theke bestand aus dunkelbraunem Holz,
darauf standen vor allem sehr gut sichtbar riesige
Bonbongläser für die großen und kleinen Leute.
Ebenfalls entdeckten die Beiden zwei Personen
im Geschäft, die Bruno und Babette Baumsch
hießen. Babette war dafür bekannt, dass sie sehr
leckere Brote und Kuchen für ihre Kunden jeden
Tag aufs Neue bereitstellte. Ihr Mann Bruno
half kräftig im Geschäft mit, hatte zudem auch
eine kleine Landwirtschaft, die sich direkt an ihr
Häuschen und dem Lädchen anschloss.

Unki und Mitti erlebten in diesem Abenteuer, was sich die Kunden des Tante Emma Ladens in diesem Frühjahr erzählten. Nur einige Meter von dem Wohn- und Geschäftshaus von Bruno und Babette entfernt, gab es einen großen Fabrikschlot, der schon ganz viele Jahre still gelegen war. Dort verbrachten zwei Störche immer wieder die Sommerzeit. Nur in diesem Jahr waren die Menschen ganz traurig, weil diese scheinbar nicht kommen wollten. Es kam das Gerücht auf, dass sie der Bösewicht Windolin davon abhielt, dass sie in ihr Sommerdomizil gehen durften. Die Menschen wurden so traurig, dass es in diesem Sommer gar nicht richtig hell werden wollte. Alles war nur grau und jeden Tag mit schweren Wolken verhangen. Bruno hatte plötzlich die Idee, dass er ganz viel Material für die Störche bereit legen könnte, damit diese den verspäteten Einzug noch ausgleichen konnten.

Als nun der Bösewicht Windolin verschlafen hatte, machten sich die beiden Störche auf, um doch noch rechtzeitig in ihrer alten und neuen Heimat anzukommen. Hocherfreut bauten sie auch in diesem Jahr wieder ihr Nest und der Bösewicht Windolin hat sich derart über sich selbst geärgert, dass er sich in die Berge zurückzog und seitdem nicht mehr gesehen wurde.

Die Nachricht vom Wiedereintreffen der Störche verbreitete sich bei Babette und Bruno in ihrem Laden wie ein Lauffeuer. Das Einheitsgrau verschwand und es wurde schließlich ein herrlicher Sommer. Babette und Bruno dachten sich zur Wiedersehensfreude und diese positive Wendung eine Besonderheit für ihre Kunden aus. Jeder, der während der sommerlichen Saison etwas bei ihnen einkaufte, bekam eine Tüte mit bunten Blumensamen als Geschenk mit. Die Samen sollen von nun an jedes Jahr immer wieder aufs Neue wachsen, um an dieses freudige Ereignis zu erinnern. Den Menschen sollte dabei klar werden, sich auch bei kleinen und unscheinbaren Dingen des Lebens zu erfreuen. Zudem muss man sich nicht von Bösewichten Angst machen lassen, denn auch sie haben ihre persönlichen Grenzen.

Mitti und Unki erlebten diese kleine Geschichte sehr gut mit und wünschten sich schließlich wieder nach Hause zurückzukehren. Ihre Zeitfeder kam diesen Anliegen nach und kurze Zeit später und einiges an Sternenwirbel mehr, befanden sie sich wieder in ihrer Wohnung Das leere Buch war nun um einige Seiten mehr vollgeschrieben und alle freuten sich darauf, ein weiteres Abenteuer zu erleben.

Nachdem Willibert Wiesel den Fall mit dem Verschwinden des Rezeptbuches von nun Lunelli Lebkuchen und Zetha Zimtstern erfolgreich abgeschlossen hatte, überlegte sich dieser ein paar Tage in den wohlverdienten Urlaub zu fahren. Da auch zeitgleich zu diesem Vorhaben eine Einladung zu einem Detektivkongress bei ihm ein trudelte, lag es auf der Hand, beides miteinander zu kombinieren. Mittlerweile wurden die Tage kürzer und die vielen Laubbäume rund um das Büro des Meisterdetektivs nahmen ihre goldene und rötliche Färbung an. Die Sonne hatte es nach anfänglichem Nebel noch relativ leicht, sich durch das Wolkendickicht zu kämpfen und die warmen Strahlen des goldenen Herbstes abzugeben.

Willibert Wiesel liebte diese Jahreszeit und freute sich an diesem Morgen ganz besonders darauf, an einem bisher noch vollkommen geheimen Ort nicht unweit eines weltbekannten Erholungssees aufzubrechen. Seine Navigeule Antasi durfte bei diesem Vorhaben natürlich auch nicht fehlen. Im Gegensatz zu Willibert Wiesel brauchte sie keine zwei riesigen Koffer denn Navigeulen sind auch im Urlaub bescheidene Zeitgenossen. Kürzlich hatte sich Willibert ein modernes Smartphone gekauft, das wie ein alter Deckel einer Butterdose aussah.

Das Besondere daran war, dass Willibert das mysteriöse Telefon aufklappen konnte und hier einen Essens – oder auch Getränkewunsch aufgeben konnte. Somit mangelte es dem Meisterdetektiv auch in seinem Urlaub nicht an dem gewohnten englischen 5:00 Uhr nachmittags Schwarztee. Ohne dieses leckere Getränk würde Willibert an jedem Tag etwas Entscheidendes fehlen.

„Bist du bereit für die Tour, meine liebe Navigeule?", fragte Willibert nachdem dieser sein Gepäck in seinen alten VW Käfer mit dem Kennzeichen KW - WW 13 verstaut hatte. Antasi flog wie wild durch die Luft und nahm kurze Zeit später auf dem Beifahrersitz Platz.

Die Fahrt an dem nach wie vor unbekannten Ort gestaltete sich für Willibert relativ angenehm, da er die herbstliche Landschaft genoss, die sich in ihrer vollen Pracht entfaltete.

Am späten Nachmittag des gleichen Tages checkte der Meisterdetektiv mit der Navigeule in einem schönen am See gelegenen Hotel ein. Mit seinem VW Käfer hatte er dabei Probleme, einen passenden Parkplatz zu bekommen, war es doch in dieser Gegend eine Gepflogenheit sein Auto zu parken wie man mochte.

Als Willibert am darauffolgenden Morgen gemütlich sein Frühstück einnahm, las dieser erneut die Einladung zum Detektivkongress, der am selbigen Tag stattfinden sollte:

Wir laden ein zum alljährlichen Kongress der Meisterdetektive aus aller Welt.

Zeit: genau, wenn du diese Nachricht jetzt liest, sind es noch etwa 2 Stunden bis zum Beginn.

Ort: dieser ist ganz geheim. Damit du uns findest, brauchst du einen Gegenstand, der dir dann in die Hände fällt, wenn du dich auf dem Weg zu unserem Kongress machst.

Wir freuen uns auf deine Teilnahme.

Bis gleich und mit detektivischen Grüßen

Das Komitee des Detektivnetzwerkes Welt 1

Willibert rieb sich seine Augen und dachte nur: „Na sowas. Neulich stand da noch ein vollkommen anderer Text."

Antasi pflichtete ihm bei und stellte sogleich folgende Frage in den Raum: „Mein Chef und Meister, was gedenkst du nun zu tun? Die Zeit läuft uns davon und ich denke, dass der Kongress schon sehr wichtig für uns wäre."

Willibert Wiesel war vollkommen in seinen Gedanken und dem Text versunken, sodass er nur mit einem leicht verzögerten „Mh" reagierte. Ein paar Augenblicke später fuhren die Beiden durch die kleinen und schmalen Gassen ihres herrlichen Urlaubsortes, um diesen ausgiebig zu erkunden. Liebevoll gestaltete Häuser, das eine oder andere Café sowie einladende Geschäfte kreuzten ihre die Wege. Erinnern wir uns an den letzten Fall zurück, so wissen wir, dass die Navigeule Antasi eine besondere Eigenschaft hatte. Immer wenn etwas ganz wichtiges ist oder irgendwo ein versteckter Hinweis zur Lösung eines Falles besteht, blinkt ihr Schnabel grün.

So kam es dann auch, als Willibert mit seinem alten Auto an einem zunächst von außen unscheinbaren Laden vorbeifuhr. Sofort machte der Meisterdetektiv einen Stopp, da der Schnabel von Antasi geradezu erfüllt war von allen nur denkbaren Grüntönen, die man auch nur ansatzweise vorstellen konnte.

„Warte bitte mal, Willibert.", überkam es die Navigeule gleichzeitig zu ihrem Signalblinken.

„Was gibt es denn nun schon wieder? Wir sind doch im Urlaub bzw. auf der Fahrt zum Detektivkongress. Da brauchen wir noch keine Hinweise.", antwortete Willibert fast schon ein bisschen vom Übereifer seiner Navigeule genervt.

„Nein, nein,. Es ist ganz anders, als du denkst, mein lieber Chef. Ich glaube genau hier bekommen wir unseren gesuchten Hinweis.", versuchte die Navigeule den Meisterdetektiv zu überzeugen.

Willbert und Antasi standen vor einem Geschäft, das links neben der Eingangstür ein liebevoll gestaltetes Schaufenster hatte. Beim genauen Hinsehen konnte man einen rot-weiß gestreiften Leuchtturm erkennen, der hinter allerlei Utensilien stand, die man normalerweise für Seeleute brauchte. Drei Stufen waren die beiden noch vorm Eingang entfernt und zögerten nicht, diesen auch zu betreten. Der Griff der Türe war wie ein Rettungsring, der sich sehr leicht nach innen drücken ließ.

Die beiden Entdecker bekamen nun schon ein bisschen Herzklopfen, denn der kleine Laden war innen nur sehr spärlich beleuchtet. Genauer gesagt brannten an einigen Stellen Kerzen, die in scheinbar uralten Lampions untergebracht waren. Die Luft war heiß und stickig und aus dem Hintergrund hörte man eine alte Standuhr munter ticken. Willbert und Antasi blieben für einen Augenblick angewurzelt stehen, wussten sie nicht, ob es eine gute Idee war, dieses Geschäft zu betreten.

Vorsichtig flog die Navigeule durch den Laden, wobei ihr Schnabel weiterhin unaufhörlich grün blinkte. Willibert Wiesel tastete sich ebenso vorsichtig durch den Raum. Rechts und links standen alte Truhen, die fast so wie Schatztruhen aussahen. Weiter vorne im Raum gab es ein hölzernes Regal, auf das sich Willibert zielstrebig zubewegte. Matrosenmützen, Schals und einen

Feldstecher sind dem Meisterdetektiv ganz
besonders aufgefallen.

„Antasi, komm doch mal bitte zu mir!", forderte
Willibert seine Navigeule freundlich auf. Als sie
sich auf dem Regal neben dem Fernrohr
niederließ, blinkte ihr Schnabel wie verrückt und
ganz besonders schnell. Noch bevor Willibert
etwas weiter sagen konnte, machte es ganz laut
„Gong!" Und abermals „Gong!"

Willibert und Antasi wären jetzt fast das Herz in
die Hosentasche gerutscht, das sie beide sehr von
diesem Geräusch erschraken.

„Nun, schnalle ich, was ist? Wo, wo, bin ich?",
kam es ganz urplötzlich aus einer bisher noch
unerforschten Ecke. So gut Willibert sehen
konnte, schaute er Antasi an, die nur mit den
Flügeln zuckte. Abermals konnten beide ein
herzergreifendes Gähnen vernehmen, das
gleichzeitig mit einem Grummeln und Brummen
verbunden war. Würden Bären gähnen, könnte
man fast annehmen, dass sich hier in diesem
Geschäft einer für sein Mittagsnickerchen
versteckt hätte. Durch den knarzenden Boden
hörten die beiden etwas und noch ehe sie sich in
irgendeine Richtung umdrehen konnten, stand
ein alter Matrose vor ihnen.

Willibert und Antasi stockte der Atem, sie
spürten ihr Blut in den Adern pulsieren. Ein
großer Mann mit einem Vollbart, einer

Augenklappe und einem roten Tuch auf dem Kopf war urplötzlich im Raum erschienen. Er hielt einen Kerzenständer mit einer hellen, weißen Kerze in seinen Händen. Noch etwas schlaftrunken sagte er mit sehr tiefer und belegter Stimme: „Womit kann ich den werten Herrschaften dienen?"

Antasi verkroch sich hinter einer der Matrosenmützen, die im Regal lagen, was aber wenig nutzte, denn man sah sie durch ihren grün blinkenden Schnabel genauso gut. Willibert antwortete absolut souverän: „Wir sind rein zufällig hier. Es ist nur so, dass wir auf der Suche..."

Mehr konnte der Meisterdetektiv nicht sagen, weil der Seemann ihm ins Wort fiel: „.... nach einem Gegenstand sind, der uns zum Detektivkongress führt, der heute in dieser Stadt ist."

„Richtig. Woher wissen Sie denn das?", überkam es Willibert ganz überrascht.

„Ganz einfach, weil es bei mir schon öfters Besuch gab, wenn es um Hinweise nach geheimen Orten geht.", versicherte der Mann dem nach wie vor verdutzten Willibert.

„Und wie soll es nun weitergehen, werter Herr. Wie war doch gleich ihr Name?", ergänzte Willibert seine Worte.

„Gestatten: Pietro Piera, ehemaliger Pirat auf allen Seen und Meeren zu Hause. Und Sie müssen der weltberühmte Meisterdetektiv Willibert Wiesel sein, wenn ich mich nicht täusche. Habe schon viel von Ihnen gehört und gelesen.", entgegnete der nach wie vor recht außergewöhnliche Mann.

„Richtig, denn keiner weiß es, ich weiß es!", ergänzte Willibert voller Stolz den alten Seemann.

„Nun, mein lieber Herr Wiesel, Ihre Navigeule ist schon an der richtigen Stelle. Dieses Fernglas hier ist ein ganz besonderes Objekt.", begann Pietro zu erklären und nahm es in seine Hand, während er den Kerzenständer auf einen kleinen Seitentisch stellte. Willibert und Antasi lauschten weiter aufmerksam. „Nun, mit diesem Fernglas kann man Dinge, Orte oder Personen sehen, die das normale Auge so nicht wahrnehmen kann. Sie dürfen es gerne mitnehmen, denn es mag wahrscheinlich eine ganz wichtige Hilfe sein, damit der Detektivkongress auch rechtzeitig gefunden wird."

„Was soll der ganze Spaß denn kosten?", wollte Willibert wissen. „Das kostet nichts. Für einen Meisterdetektiv, wie Sie es sind, ist es für mich eine Ehre, einen solchen Kunden in meinem kleinen, bescheidenen Laden zu haben, Herr Wiesel.", erklärte Pietro ganz stolz seinem Gast. „Aber auf ein Wort, Herr Wiesel. Bevor Sie mit Ihrer Navigeule weiterziehen, um rechtzeitig am Kongress teilzunehmen, möchte ich Ihnen noch eine sehr alte, überlieferte Seemannsgeschichte erzählen."

Beide waren schon sehr gespannt, was der passionierte Seeräuber ihnen berichten mag.

„Meine lieben Freunde, bevor ihr das Fernglas mit auf eure weiteren Entdeckungstouren nehmt, möchte ich euch sehr gerne etwas zu seiner Geschichte erzählen: Also vor vielen Jahrzehnten war die Seeräuberei noch ein allseits angesehener Berufsstand, jedenfalls bei denen, die diese auch ausgeübt haben. Leider waren nicht alle Piratenschiffe erfolgreich nach der Suche von versteckten oder verloren gegangenen Schätzen. Ein, sagen wir mal, sehr berühmter Seeräuber mit seiner Crew war über viele, viele Wochen und Monate auf der weiten See unterwegs. Viele Reichtümer haben sie dabei aber nun wirklich nicht bekommen. Es kam, wie es kommen musste, liebe Freunde. Die Mannschaft begann mehr und mehr zu meutern. Ja, es ging fast einmal so weit, dass sie ihrem Kapitän auf eines der kleinen Boote setzen wollten, damit sich dieser endlich von Bord machte und sich ein frischer Wind mit neuen

Ideen auf dem Piratenschiff entwickeln konnte.
Für ihn war das eine schwere Zeit, die von Tag
zu Tag immer hoffnungsloser wurde. Zum Glück
gab es eine baldige Wendung, als ein bisher
unbekanntes Schiff ganz mutig dem Piratenboot
näher kam. Wie die Überlieferung später so
geschrieben hat, befand sich als Anführer ein
gewisser Professor Doktor Allesklar mit seiner
Mannschaft auf diesem Schiff. Seine wichtige
Begleitung war ein ganz cleverer Papagei mit
dem Namen Mär von Nor. Die Piraten hatten bis
zu diesem Zeitpunkt noch keine Ahnung, dass
der Professor mit seinen gefiederten Freund der
Schlüssel zur Lösung aller ihrer Probleme war.
Liebe Freunde, um es ein bisschen abzukürzen.
Nach langem Überlegen und Diskussionen
entschloss sich der Seeräuber mit seiner Crew die
angebotene Hilfe anzunehmen. Der Professor
schickte seinen Papageien auf eine ganz geheime
Insel. Was alles genau auf dieser Insel geschah,
darüber sind sich die Geschichtsbücher der
Piraten bis heute unklar. Eines stand aber fest:
Der Papagei Mär von Nor nahm ein Fernglas
vom Piratenschiff mit, um dieses zu einem
Alsicht-Glas verzaubern zu lassen. Wie ihr euch
vielleicht denken könnt, hatte dies einen
einschlagenden Erfolg: Das Piratenschiff hatte
nach Rückkehr des Papageien ganz viel Glück bei

der Suche nach den schönsten und größten Schätzen.

Viele Jahre später entschlossen sich dann die Piraten, ihren Ruhestand anzutreten, da ihnen das viele Suchen nach Reichtümern zu anstrengend wurde. Es kam hinzu, dass sie mit ihren persönlichen Schätzen auch sehr zufrieden waren und diese nun vollends genießen wollten." Mit diesen Worten schaute Pietro ganz eindringlich zu Willibert Wiesel und seiner Navigeule Antasi und ergänzte sein Erzählen schließlich: „Jetzt habt ihr das Allsicht-Glas hier in meinem kleinen Geschäft gefunden und ich freue mich, dass ihr es in Ehren halten werdet. Seid vorsichtig damit, denn man kann bei falscher Anwendung auch Dinge sehen, die man besser nicht sehen sollte."

Willibert und Antasi schauten sich fragend an, während das Fernglas vor ihnen und dem pensionierten Seeräuber lag. Glücklich und zufrieden, den entscheidenden Anhaltspunkt zur weiteren Suche nach dem Ort des Detektivkongresses gefunden zu haben, verabschiedeten sich beide von Pietro Piera und begaben sich wieder in den alten VW von Willibert Wiesel.

„Also sowas habe ich auch noch nicht erlebt, Antasi", bemerkte Willibert Wiesel ganz eindringlich und startete den Motor seines Autos.

„Warte doch bitte, nicht gleich wieder so stürmisch und mit so viel Energie, mein lieber Meister.", bremste die Navigeule den Meisterdetektiv.

„O.k., du hast Recht. Lass uns mal einen ersten Blick durch das Allsicht-Glas werfen. Vielleicht sehen wir wirklich ein Hinweisschild, wo der Kongress ist. Wird ja auch langsam Zeit. Von den verbleibenden zwei Stunden ist nämlich schon einiges vergangen. Der Pietro ist aber auch eine alte Plaudertasche!", murmelte der Detektiv und nahm das Fernglas vorsichtig in seine Hände.

Es fühlte sich sehr leicht und gleichzeitig auch an der Oberfläche etwas rau an. Willibert wagte es nur ganz langsam an seine Augen zu führen. Antasi flog wie verrückt über dem Meisterdetektiv und war richtig aufgeregt. „Komm schon, was siehst du denn? Komm schon, schnell! Ich will auch mal durchschauen!"

Doch Willibert gab beim besten Willen keine Antwort. Auch wenn nicht wenige Sekunden vergangen waren, kam es der Navigeule scheinbar gefühlt wie unendlich viele Stunden vor. Schließlich rief der Meisterdetektiv mit tiefster Stimme: „Ich hab's! Ich sehe es, dort drüben steht ein Hinweisschild. Antasi schau doch auch mal!"

Willibert Wiesel deutete zwar in eine Richtung, aber die Navigeule konnte natürlich nichts erkennen, hatte sie nicht das Allsicht-Glas vor den Augen. Wortlos mit einem Kopfschütteln reagierte Antasi fast schon ein wenig traurig.

„Oh, entschuldige bitte, mir war nicht klar, dass du das gar nicht sehen kannst." Mit dieser späten Erkenntnis hielt Willibert Wiesel seiner treuen Begleitung auch das Fernglas vor Augen, dass sie seine Entdeckung ebenfalls sehen darf.

Der Meisterdetektiv stand noch immer vor dem Laden des alten Seeräubers, der an einer kleinen Hafenmole lag. Ein paar Dutzend Segelboote schaukelten hier munter im Wasser, da der See durch einen leichten Wind bewegt wurde. Gegenüber befand sich ein langgezogenes, niedriges Gebäude, das aus unterschiedlichsten Steinen bestand. Diese waren in allerlei Farben miteinander verbunden. Jetzt erkannte man durch das Allsicht-Glas ein rotes Schild mit weißer Schrift. In Großbuchstaben stand dort klar und deutlich zu lesen: Herzlich willkommen zum Detektivkongress.

Erleichtert und glücklich fuhren Willibert Wiesel mit seiner Navigeule die wenigen Meter bis zu diesem Haus. Das Allsicht-Glas hat also relativ schnell seinen Dienst getan und die beiden haben ihr wichtiges Ziel dieses Arbeitsurlaubs gefunden.

Die Saison in der Lebkuchengasse war seit geraumer Zeit ein großes Highlight im alljährlichen Programm des Zauberers Zirini. Obwohl dieser zunächst das legendäre Rezeptbuch von Lunelli Lebkuchen und Zetha Zimtstern entwendet hat, sind alle drei mittlerweile sehr gute Freunde geworden. Zirini bereicherte vom Spätherbst bis weit in den Frühling die Attraktionen in der Lebkuchengasse mit einem sehr großen Spektrum an Zauberkünsten. Für die Gäste aus Nah und Fern waren diese eine lieb gewonnene Abwechslung beim Genuss des einmaligen Weihnachtsgebäcks von Lunelli Lebkuchen. Allerdings schlossen die Pforten in der Lebkuchengasse in der warmen Jahreszeit. Für den Zauberer Zirini war es eine Herausforderung, sich besonders während des Sommers eine weitere Aufgabe zu suchen. Als Liebhaber von Lavendel und allem, was damit zusammenhängt, stand nichts gedanklich näher, als diese Leidenschaft auszubauen. Der Zauber Zirini staunte ein weiteres Mal nicht schlecht, als er gerade seinen Urlaub in einer kleinen, verträumten Stadt an einem weltbekannten Erholungssee machte.

In einer leer stehenden Straßengabelung existierte doch tatsächlich ein durchaus einladendes, allerdings von unzähligen Pflanzen überwuchertes Geschäft. Zirini zögerte nicht sehr lange und es gelang ihm, dort einen eigenen Laden mit Lavendelprodukten in aller Art, Größe und Form zu etablieren. Sehr schnell hatte sich dies bei den Touristen herumgesprochen und somit wurde in den Sommermonaten bis in den Spätherbst fleißig eingekauft. Zirini hatte neben Kerzen und Düften viele weitere Lavendelangebote. Ganz berühmt ist dabei auch sein zusammengestellter Tee mit dem Namen „Lavendella Specialis".

Zirini bekam auch immer wieder Besuch von einheimischen Fans und Freunden aus seinem alljährlichen Sommerdomizil. Eines Tages jedoch kreuzten sich seine Wege mit alten Bekannten, die einiges zu erzählen hatten. Dabei spielte auch die Kuh Elsa eine Rolle, wie gleich zu lesen ist.

„Mit unserer Kuh Elsa gehen wir durch dick und dünn. In den vergangenen Jahren haben wir dabei vieles miterlebt.", begann Bauer Berggold zu seiner Frau zu sagen, als die beiden ihre Kuh zusammen mit den anderen in den Stall führten. Das war auch in der Tat so. Gab es zum Nikolaustag für die Kuh Elsa einen quietschgelben Friesennetz mit Gummistiefeln, half sie bei der Suche nach dem verlorenen Rezeptbuch von Lunlelli Lebkuchen und Zetha Zimtstern durch ihre Kenntnisse in zauberisch sehr gut. Sie alleine konnte nämlich den Zauberer Zirini richtig verstehen und brachte das komplette Ermittlerteam von Willibert Wiesel zu einer guten Lösung dieses Falls.

Zeit war es also auch einmal für die Kuh Elsa an einem Kuhaustauschprogramm teilzunehmen. Der Bauer Berggold meldete kurzentschlossen seine Kuh an und wenige Wochen später fanden wir die Kuh Elsa in der Nähe eines weltbekannten Erholungssees wieder. Im Gegenzug erhielt der Bauer Berggold die Kuh Giuseppa. Die Kuh Elsa war sehr froh über diese Möglichkeit des Erholungsurlaubs, denn sie erhoffte sich insgeheim endlich einmal zu sehen und zu lernen, wie Mozzarella hergestellt wird. Giuseppa genoss die frische Luft und das einmalige Ambiente in den Bergen und fand, genau wie Elsa auch, viele neue Freunde auf ihrer Weide.

Eine spätnachmittags allerdings ereignete sich auf der Weide bei der Kuh Elsa etwas ganz merkwürdiges. Im Rahmen des Kuhaustauschprogrammes stand auch ein Kurs zum Lernen von neuen Sprachen auf dem Programm.

Unsere Kuh Elsa lernte von einem besonders schlauen Raben, der sich Nachmittag für Nachmittag zu ihr gesellte und alles rund um Wörter und Grammatik beibringen wollte. Doch heute war Elsa irgendwie viel zu müde gewesen und hatte dabei auch vollkommen vergessen, ihre Hausaufgaben zu machen.

„Tutto bene, seniora. Keina Problema, macht äh nix.", beruhigte der Rabe Olaf seine sonst so aufmerksame Schülerin. Das Bild war wahrscheinlich etwas zum Schmunzeln. Elsa stand ganz gemütlich und entspannt mit ihren neuen Freunden auf der Wiese und fraß vom leckeren Gras. Ihr Lehrer befand sich währenddessen auf einem Ast eines Baumes, der genau auf Sichthöhe zu Kuh Elsa war.

Olaf hatte dabei eine rote Brille auf seinem Schnabel und zudem einen kleinen Zylinder auf den Kopf. „Ach, lieber Lehrmeister, bene, ich wünsche mir heute einmal eine Geschichte. Meine Freunde hier sagen, dass du ein ganz hervorragender Erzähler bist."

Noch ehe Olaf etwas entgegnen konnte, hörte man nur von den übrigen Kühen ein zustimmen des „Mo". So kam es dann, dass der Rabe eine Geschichte erzähle, die er selbst vor vielen Wochen hier im Ort erlebt hatte.

„Viele, viele Jahre wurde die alte Mühle nicht unweit eines kleinen Dorfes noch von einem

Ehepaar bewirtschaftet, um dort Mehl zu mahlen. Die Menschen dieser Gegend waren nicht nur davon sehr begeistert, sondern auch von all den leckeren Ergebnissen, die die beiden aus ihrem Mehl gezaubert haben. Süße und salzige Köstlichkeiten gab es solange man sich erinnern konnte an einem jeden Samstagvormittag an der alten Mühle zu kaufen. Dort gab es auch einen kleinen Anbau, den viele Tiere des Waldes für ihren Winterschlaf nutzten. Keine Sorge, diese haben weder beim Mehl malen, noch beim Backen nur einmal gestört. Und es gab da einige neugierige Zeitgenossen, die nur zu gerne einmal von Brot, den Brötchen oder den süßen Sachen probiert hätten. Irgendwie gab es da so etwas wie eine geheime Abmachung, dass alle friedlich zusammen leben dürfen und jeder dem anderen seinen eigenen Platz lässt.

Viele Jahre war es so mit der alten Mühle, bis sich das Ehepaar verdientermaßen zur Ruhe gesetzt hatte und in das Dorf in ein kleines Haus gezogen war. Die Bewohner des Ortes, aber auch die Gäste aus dem Wald waren sehr traurig darüber, dass die Mühle von nun an leer steht.

Wie es die Zeit mit sich bringt, unterlag auch dieses idyllische Gebiet seinen Wandel und es kam wie es kommen musste.

Das Dorf musste sich der nächstgrößeren Stadt räumlich anschließen und bekam einen jungen und dynamischen Bürgermeister von heute auf morgen vor die Nase gesetzt. Für ihn galt es nur, möglichst viele Fabriken und Firmen anzusiedeln, damit seine Stadt und natürlich noch viel mehr sein Aussehen stetig wächst. Auch wenn die gefühlte Mehrheit aller dagegen war, wurde der Beschluss gefasst, dass die alte Mühle in dem wunderschönen Naturgebiet in den kommenden Jahren weichen musste. Umstrukturierungsmaßnahmen nannte man den Beschluss dann, von dem keiner so recht wusste, wie dieser zustande gekommen war. Bereits im Frühjahr des folgenden Jahres rückten erste Baugeräte an, um nicht nur die alte Mühle, sondern auch die Landschaft zeitgemäß zu gestalten.

Die Tiere, die in und um der Mühle lebten, waren in ständiger Angst und Verzweiflung gewesen und suchten ihren Rat bei ihrem langjährigen Freund, dem Raben Olaf, der bisher immer eine Antwort auf Ihre Fragen hat. Gar nicht so einfach, liebe Freunde.", begann der Rabe bei der großen Tierkonferenz, die hinter der noch stehenden Mühle abgehalten wurde. „Ich glaube, da brauchen wir Beihilfe von allen von uns.", fuhr er fort. Die Mäusefamilie Kuradi wollte sogleich den kleinen Bagger wegschieben, bekam aber außer einem lauten „Oh" nicht über ihre Lippen.

„Keine Chance. Wenn die Menschen sich etwas in den Kopf gesetzt haben, dann machen sie es. Wir Tiere haben da wohl keine Chance.", sagten die Tiere des Waldes mit traurigen Unterton.

Die Wildschweine rannten währenddessen um das Gebäude und protestierten immer wieder: „Wir wollen die Mühle retten! Wir wollen die Mühle retten!"

Außer bei ihren anwesenden Freunden würde wohl keiner diesen Appell wahrnehmen. Die klugen Rehe ergänzten beiläufig: „Dann lasst uns einfach alles besetzen und keinen mehr arbeiten. Wenn die Menschen keine Maschinen nutzen können, geben Sie vielleicht von selbst auf."

„Das ist es! Ihr seid genial!", rief der Rabe Olaf. Kurz darauf flog er über das Gebiet und sagte: „Wir nehmen den Menschen einfach ihre Werkzeuge und Baufahrzeuge weg. Alles weg, Mühle bleibt. Noch irgendwelche Fragen, meine lieben Freunde?"

„Ja, wie machen wir das?", fragte der Fuchs und erntete von den übrigen Anwesenden ebenfalls ratlose Gesichter.

„Ganz einfach! Machen wir einen genauen Plan.", beruhigte der Rabe Olaf die aufgebrachte Menge. Im Pläneschmieden war Olaf ein wahrer Meister und fand tatsächlich für alle seine

Freunde eine Aufgabe sowie einen Weg, die
Bausachen vollständig verschwinden zu lassen.
Die Wildschweine umzogen den kleinen Bagger
mit festen Schnüren und brachten ihn wenig
später mit viel Energie in eine alte Höhle. Alle
Mäuse nutzten die Materialien des Waldes, um
den Eingang gut und sicher zu verbauen.
Sämtliche andere Baufahrzeuge schoben die
Rehe mit in eine Felsspalte, die neben der alten
Mühle an die Grenzen Berges lag. Hier halfen
wiederum die Eichhörnchen alles mit genügend
Material zu bedecken, was sie im Wald fanden.
War eine ganz schön anstrengende Aufgabe.
Blieb nur noch der große, gelbe Kran, der wohl
zum Einreisen der alten Mühle vorgesehen war.
Der Rabe Olaf hat aber ganz viele Verbündete im
Wald und startete sogleich mit den übrigen
anwesenden Vögeln einen Aufruf, um möglichst
viele weitere gefiederten Kollegen an den Ort des
Geschehens zu kommen.

Auch dieses Vorhaben hatte vollen Erfolg und so
kam es, dass der Rabe Olaf alle auf den Kran
fliegen ließ, was wahrhaftig ein einmaliges und
zugleich sonderbares Bild ergab. Der gesamte
Kran war besetzt von allerlei Vögeln, die
zusammen helfen wollten, damit das ungeliebte
Gefährt als letztes Baumaterial auch von der
Bildfläche verschwinden konnte. Olaf stimmte
seine Freunde nochmals richtig auf das

Vorhaben ein: „Also, meine lieben und geschätzten Helfer! Wie es auch im richtigen Leben ist, brauchen wir alle unsere Kraft und unseren festen Willen, um etwas zu bewegen. Nur wer von einer Sache überzeugt ist, der schafft es etwas zu erreichen. Mag es manchmal noch so schwer sein, ist der erste Schritt und alles nachfolgende gleichsam wichtig. Willst du ein Ziel erreichen, dann gehe mit Bedacht und Geduld voran. Habe vor allem Mut und Zuversicht für dein geplantes Vorhaben. Also in diesem Sinne, Leute: Der Kran ist nicht schwer. Ihr dürft gar nicht daran denken, sonst klappt es nicht. Mit vereinten Kräften starten wir!“, forderte der Rabe Olaf alle Mitstreiter auf.

Die übrigen Tiere im Wald waren bereits mit ihrer Versteckaktion erfolgreich fertig und starrten gebannt auf den Kran, auf dem nun unzählige große und kleine Vögel saßen.

Olaf begann mit einem grauen Tauen: „Nun, alle auf ihren Plätzen? Bei null lassen wir dieses Teil durch die Luft fliegen und bringen es in ein dichtes Waldstück am Ende des Dorfes. Ich habe da eine gute Stelle ausfindig gemacht, wo das Monster wieder abgelegt werden kann. Es sieht dann niemand mehr und kann den Bäumen und Sträuchern als Rankhilfe dienen. Folgt mir einfach nach!“

So geschah es dann schließlich und hätte man zu dieser Stunde seinen aufmerksamen Blick an den Himmel gerichtet, hätte man seinen Augen beim besten Willen nicht getraut. Ein gelber Kran wurde eifrig von den Vögeln über das Waldstück bis zum geheimen Versteck durch die Luft gezogen. Der Rabe Olaf ermunterte seine Freunde immer wieder aufs Neue, damit sie weder von ihr Weg, noch von dem anvisierten Zielabkommen würden.

Nach einigen Minuten kräftiger Anstrengung wurde der Kran in dem besagten geheimen Versteck endlich niedergelassen. Olaf bedankte sich bei allen treuen und engagierten Helfern für ihre tatkräftige Unterstützung.

„Ist der Weg auch manchmal noch so schwer, mit festen Willen und starke Entschlossenheit findet man sein Ziel! Ich danke euch im Namen aller Tiere im Wald, dass ihr unser Vorhaben so tatkräftig unterstützt habt."

Als am nächsten Morgen das geplante Bauvorhaben starten sollte, staunten alle Bauarbeiter im wahrsten Sinne des Wortes. Alles, aber auch wirklich alles, was zum Abriss der alten Mühle nötig war, war urplötzlich wie vom Erdboden verschluckt.

Nach eingehender Beratung mit ihrem Chef kamen die Arbeiter zum Entschluss, dass das Bauvorhaben vertagt wird oder ganz ausfällt.

Unverrichteter Dinge machten sich alle wieder auf den Weg in ihre Zentrale, um anderen anstehenden Aufträgen den Vorrang zu geben. Die Tiere des Waldes haben diese Reaktion mit großer Spannung und schließlich mit überschwänglicher Freude beobachtet. Zur Feier des Tages haben sie dann alle ein ausgiebiges Fest gefeiert. Noch heute steht die alte Mühle an ihrem Platz und wurde zu einem Anziehung und Erholung. Für Fans aus Nah und Fern. Die Tiere hatten weiterhin einen sicheren Ort für die Winterzeit.

Mit diesen Worten endete der Rabe Olaf seine Geschichte, die die Kuh Elsa und ihre Freunde aufmerksam angehörten haben. Mittlerweile wurden die Tage immer kürzer, aber unsere Kuh Elsa konnte sich noch nicht so richtig an diese Zeitumstellung gewöhnen. Ihre neuen Freunde fanden ebenfalls ihren Gefallen daran, besonders bei Helligkeit, auch die Abende zu verbringen. Leider wurde auch sonst die Sonne immer schüchterner und zeigte sich selbst über den Tag viel zu selten.

Der schlaue Rabe Olaf hatte für diese Situation aber genauso vorgesorgt: Seine Spezialerfindung hat dieser an sämtlichen Bäumen angebracht, die rund um die Wiese von Elsa und Freunde standen. Das Besondere an dieser Erfindung war folgendes: An einem jeden Baum gab es einen

Schalter, den die Kühe entweder mit der Schnauze oder mit ihrem Schwanz betätigen konnten. Wurde nur einfach gedrückt, wurde der Baum in einem angenehmen Licht beleuchtet. Das war gerade so gemütlich, dass man alles gut sah und gleichzeitig eine feierliche und festliche Stimmung erzeugte. Nahm man alle Bäume zusammen, war alles zu früher Abendstunde hell erleuchtet und die Freunde konnten eine angenehme Abendzeit zusammen verbringen.

Der Rabe Olaf war nicht uneigennützig, denn besonders die Kuh Elsa sollte ja auch das Kuhaustauschprogramm ihre Sprachkenntnisse verbessern. Durch die verlängerte Helligkeit war es ihr möglich, auch am Abend zu lernen. Nicht zu vergessen war bei aller Erfindung vom Raben Olaf, dass der Lichtschalter an den Bäumen nicht nur die Glühwürmchen aktivierte, sondern auch, dass es einen zweiten Modus gab. Man konnte die Schalter noch dimmen und brachte die Glühwürmchen schließlich auch zum Singen der verschiedensten Lieder, wenn man die höchste Stufe eingestellt hatte. Der Rabe Olaf erhoffte sich insgeheim, dass er mit dieser Erfindung eines Tages in die Weltbücher der besten Erfinder eingehen wird.

Der Kongress der Meisterdetektiv aus aller Welt war zum Glück nach wenigen Stunden bereits abgeschlossen und Willibert Wiesel konnte sich mit seiner Navigeule Antasi wieder auf dem Weg in ihr Hotel machen. War doch ihre eigentliche Idee, sich im Urlaub noch ein paar Tage zu erholen und nicht nur an ihrer Arbeit zu denken. Der Meisterdetektiv stieg mit der Navigeule in seinen alten VW Käfer und brummelte vor sich hin: „Das hätte ich mir wirklich sparen können. Keine richtigen Neuigkeiten. Nur leeres Gerede und eine Ansprache nach der anderen. Nicht einmal unser Detektivpräsident hatte etwas Wichtiges zu sagen. Das neue Gesetz über die Mindestbestimmungen von Navigeulen zur Unterstützung von Detektiven haben wir auch schon gekannt. Nicht wahr, Antasi?", fragte Willibert Wiesel und bekam darauf keine Antwort.

„Wo bist du denn nur?", rief der Detektiv gleich nach seiner Frage aus sich heraus. Dabei schaute diese nur auf den Beifahrersitz, wo Antasi sich sonst immer niederlässt. Nichts, keine Spur von der Navigeule. Willibert Wiesel wurde ganz nervös, weil er dachte, dass einer seiner Kollegen sie vielleicht auf dem Kongress abgeworben hätte. Aber nein, Antasi ist die treueste Navigeule auf der Welt. So etwas würde sie beim besten Willen nicht machen. Was wäre nur Willibert Wiesel ohne seine tatkräftige Begleitung?

Noch einmal überprüfte Willibert genau, ob er Antasi in der Nähe wahrnehmen konnte. Außer einen kleinen und sanften Atmen gab es absolut keine Spur. An diesem späten Nachmittag war der Meisterdetektiv nun auch nicht mehr so aufmerksam, drehte sich aber kurzentschlossen in Richtung dieses Geräusches. Überrascht und glücklich zugleich überkam ihn ein: „Antasi, da bist du ja! Na zum Glück!"

Die Navigeule war von den vielen Eindrücken und Reden auf dem Detektivkongress derart müde geworden, dass sie fest auf der Rückbank des VW-Käfers schlief. Willibert Wiesel legte zärtlich eine blaue Decke, die ebenfalls auf dem Rücksitz lag, auf seine Navigeule und streichelte diese sanft.

„Erhol dich gut. Du hast es dir mehr als verdient.", flüsterte der Meisterdetektiv ganz leise vor sich hin. Sein VW-Käfer hatte für diese Situation eine ganz besondere Vorkehrung. Es gab beim Starten des Autos einen sogenannten „Nunzelmodus" – eine kleine Taste, die man drücken musste, damit mögliche schlafende Beifahrer nicht vom Motorenlärm des fahrenden Autos aufgeweckt werden.

Der Meisterdetektiv war bekanntermaßen auch ein sehr neugieriger Zeitgenosse und so kam es, dass Willibert Wiesel nicht den direkten Weg zur Unterkunft nahm.

Schon seit der Ankunft wollte er wissen, wohin eine relativ einladende Seitenstraße nicht unweit des kleinen Hafens hinführt. Willibert Wiesel nahm das Risiko auf sich und folgte dem unbekannten Weg. Über Stock und Stein wurde die befahrene Straße immer mehr zu einem Feldweg. Noch ein paar 100 Meter weiter und der Weg endete vollkommen überraschend. Willibert Wiesel stand mit seinem VW und seinen weiterhin fest schlafenden Navigeule auf der Rücksitzseite wie auf einem Plateau. Ringsum gab es einige Bäume und Sträucher. Ans Aussteigen war aber beim besten Willen nicht zu denken, ebenso wenig wie umzuwenden. Der Meisterdetektiv war verzweifelt, denn er war zum ersten Mal ohne eine präzise Lotsung seiner Antasi gefahren. Mal abgesehen davon, dass es so in der Detektivverordnung auch gar nicht erlaubt ist.

„Was mach ich jetzt bloß?", sprach Willibert Wiesel ganz verzweifelt vor sich hin. Dabei konnte er den schönen Ausblick auf die darunterliegende Weinplantage mit einem schönen Haus bei weitem nicht genießen. Der Meisterdetektiv überlegte und überlegte, ob er vielleicht einen seiner Freunde anrufen sollte. Wie es der Zufall so will, war sein modernes Smartphone ohne Netz und hatte noch ganz wenig Ladekapazität.

Während des Kongresses hatte er nämlich mehrfach seinen Lieblings - 5:00 Uhr - Tee mit einer mit einem leckeren Burger über das Gerät herausreichen lassen. Das kostet natürlich viel Energie, was Willibert nicht bedacht hatte.

In einer solchen scheinbar ausweglosen Situation blieb nichts weiter übrig, als vorsichtig den Rückwärtsgang einzulegen und die Strecke mit seinem Käfer langsam bergab zu fahren. Ein bisschen mulmig war es Willibert Wiesel schon, denn er war beim Besten kein Meister im Rückwärtsfahren, geschweige denn im seitig einparken.

Mit schwitzenden und leicht zittrigen Händen setzte er sein Auto mit Nunzelmodus wieder in Gang und schafft es zum Glück, sicher auf einen größeren und festen Weg zurück zu finden. Doch auch hier gab es nach wie vor keine Möglichkeit, den VW-Käfer zu wenden. Der Meisterdetektiv musste viele weitere Meter nach unten fahren, bis sein Auto endlich auf einer Wiese zum Stehen kam.

„Hier bin ich aber nicht gestartet. Was soll das wieder?", fragte sich der Meisterdetektiv und stieg voller Neugier und Tatendrang aus seinem Wagen aus.

Trotz des herannahenden Abends konnte Willibert Wiesel seine Gegend gut erkunden. Die grüne Wiese, auf der sich gerade befand, schien auf dem ersten Blick fast unendlich zu sein. In der Ferne standen zahlreiche Bäume und es sah fast so aus, als ob sich daran ein Waldstück anschloss. Drehte sich der Meisterdetektiv, entdeckte er eine spätsommerliche Blumenwiese, auf der sich in der Mitte ein kleines gelbes Haus mit dunkelblauen Fenstern und einem knallroten Dach befand.

„Hallo, mein Freund! Schön, dich zu sehen. Ich freue mich immer sehr über Besuch. Komm doch bitte näher. Du bist herzlich willkommen und sollst sehr gerne mein Gast sein!", hörte Willibert Wiesel diese freundlichen Worte und als dieser genauer zum Haus schaute, sah er einen älteren Mann mit Vollbart und einer grünen spitz nach oben zeigenden Mütze. In seiner ebenfalls dunkelgrünen Latzhose mit schwarzen hohen Gummistiefeln sah dieser auf den ersten Blick sehr nett aus.

Willibert Wiesel folgte der Aufforderung und lief zu dem Mann, der diesem freundlich zuzwinkerte. „Gestatten: Carlo della Storio. Und nochmals herzlich willkommen, Herr...", stellte sich der Mann bei Willibert Wiesel vor.

„Freut mich. Ich bin Willibert Wiesel. Keiner weiß es, ich weiß es. Mein Beruf ist Meisterdetektiv.", antwortete er sogleich.

„Ja, von dem habe schon viel gehört und gelesen. Willibert Wiesel, der berühmte Meisterdetektiv.

Was verschafft mir die Ehre deines Besuches?",
wollte Carlo sogleich wissen.

„Nun, lieber Carlo, ich bin da einem Weg
entlang gefahren und dann ......", wollte der
Detektiv gerade beginnen zu erzählen, aber
Carlo unterbrach ihn umgehend.

„Ja und dann warst du auf einem Plateau und
musstest rückwärts waren. Alles klar, das weiß
doch jeder hier, dass diese Straße, die du
gefahren bist, ins Nichts führt.", ermahnte Carlo
den Meisterdetektiv.

In jedem Fall haben die beiden weiter über Sinn
und Unsinn von fehlenden Straßenbeschilderung
gesprochen, bis kurze Zeit später auch die
Navigeule Antasi sich zu ihnen gesellte. Da es
inzwischen Abend wurde, lud Carlo seine beiden
unerwarteten Besucher zum Abendessen und
zum Übernachten ein. Trotz der leicht kühlen
spätsommerlichen Temperaturen haben sie im
Hof auf der anderen Seite des kleinen Hauses ein
Lagerfeuer angezündet. Es gab leckeres
Stockbrot und feine Saftschorle. Willibert kam
erneut mit Carlo ins Gespräch und hat erfahren,
dass sein Gastgeber ein leidenschaftlicher
Geschichtenerfinder ist. Grund genug also, sich
von Carlo die eine oder andere Geschichte
gemütlich am Lagerfeuer erzählen zu lassen.

„Sag mal, Willibert, wusstest du schon, dass der
für den Schnee verantwortliche Schnobi

Schneebär ganz viele Mithelfer hat? Du kennst doch Schnobi? Wenn ich mich recht erinnere, dann warst du letzthin bei ihm, um die Schneemaschine zu reparieren?", fragte Carlo den aufmerksamen Meisterdetektiv.

Genüsslich am Stockbrot essend gab dieser zur Auskunft: „Ja natürlich. Schnobi Schneebär kenne ich sehr gut. Von seinen Freunden und Kollegen habe ich weder etwas gehört, noch gelesen.", gab der Willibert zur Antwort.

„Das ist auch klar und ein echtes Geheimnis. Aber heute Abend möchte ich dir davon erzählen und dabei auch gleich noch eine Legende dazu sagen.", fuhr Carlo della Storio fort und nahm einen kräftigen Schluck Traubenschorle. Das Feuer knisterte munter vor sich hin und die eine oder andere Glut verabschiedete sich in den immer dunkler werdenden Abendhimmel. Die Navigeule hatte sich auf einem Baum ganz in der Nähe der beiden gemütlich gemacht und lauschte den Erzählungen von Carlo ebenso aufmerksam wie Willibert Wiesel.

So fuhr Carlo mit seiner Geschichte fort: „Also, wenn Schnobi Schneebär mit seinem Schneeauftrag fertig ist, folgen bekanntermaßen die anderen Jahreszeiten wie Frühling, Sommer usw. Für diese Zeiten gibt es unzählige kleine, aber auch große Helfer, die den Schnee wieder wegräumen und Platz für neues Grün in Form von Sträuchern und Pflanzen und noch vielen schönen Dingen machen. Willibert, du kannst dir gar nicht vorstellen, was da im Vorfeld bereits für emsiges Treiben herrscht, wenn Schnobi seinen Jahresurlaub antritt. Eine Sache möchte ich dir, lieber Willibert, an dieser Stelle aber noch gerne erzählen: Letztes Jahr, bevor Schnobi Schneebär seine Wintersaison eröffnete, bekam er einen ganz mysteriösen Besuch. Ein gewisser Herr Professor Herbstwind war bei ihm, um mit ihm ganz genau abzustimmen, wann die ersten Schneeflocken fallen werden. Das war gar nicht so einfach, denn Schnobi drückt seit jeher nach Lust und Laune den Start- oder Stoppknopf seiner Schneemaschine. Irgendwie haben die beiden dann doch eine Lösung gefunden und Professor Herbstwind konnte sein Vorhaben in die Tat umsetzen.", erzählte Carlo weiter.

„Was wollte denn der Professor nun wirklich von Schnobi?", fragte Willibert wie aus der Pistole geschossen und wurde dabei von seinem leichten Dämmerschlaf herausgerissen.

„Das kann ich dir sagen, mein lieber Freund und Meister. Der Professor hat eine kleine Tube mit geheimnisvoller Farbe dabei. Er wollte diese auf ein paar Kastanien verteilen bzw. damit anmalen. Der glückliche Finder oder die glückliche Finderin hatte dann einen ganz persönlichen Wunsch frei. Der Wunsch durfte aber nicht materiell sein, sondern musste von der Person aus tiefsten Herzen kommen. Schnobi hatte mit dem Professor ausgemacht, dass er sein Vorhaben in aller Ruhe machen konnte und erst dann, wenn alles fertig war, die ersten Schneeflocken auf die Erde schickt.

In diesem Herbst war es lange Zeit noch angenehm warm und mild, sodass der Professor Herbstwind sehr gut überall, wo er wollte, seine Kastanien mit goldener Farbe versah.", fuhr Carlo seine Erzählung fort. Mittlerweile war es schon ganz finster und die Wärme des Lagerfeuers war für alle drei eine wahre Wohltat.

„Nun sag schon, Carlo. Was ist denn mit den goldenen Kastanien passiert?", überkam es Willibert Wiesel in geradezu meisterlicher Detektiv-Präzisionsfrag-Technik.

„Es wurden viele der Kastanien gefunden und die Menschen haben dann tatsächlich einen Wunsch geäußert. Woher sie das wussten? Ganz einfach, denn es gab eine kleine Botschaft, die in der jeweiligen Schale versteckt war. Nur eine Kastanie, lieber Willibert, wurde irgendwie nie gefunden. Selbst Schnobi war nicht mehr in der Lage, diese zu entdecken, obwohl er einen ganz genauen Lageplan aller Verstecke hatte.", beendete Carlo seine Ausführungen.

Die beiden saßen einige Zeit schweigend mit der Navigeule zusammen an dem immer kleiner werdenden Lagerfeuer und genossen den herrlichen Spätsommerabend in vollen Zügen.

Carlo war schon immer ein Freund von Lichtern, Glitzer und alles, was auch nur im Entferntesten mit Beleuchtung zu tun hat. Nachdem sich die Flammen des Lagerfeuers nach und nach weiter reduzierten, war es an der Zeit, dass er seine einmalige Lichtillumination rund um Haus und Garten zur Geltung brachte.

Seine Fensterfront war in einem warm-roten Ton mit einer kleinen Mischung aus lila stark erleuchtet. Die umliegenden Bäume waren ebenfalls sehr festlich angestrahlt und machten die Anlage von Carlo zu etwas ganz besonderem. Antasi wurde überraschenderweise wieder sehr müde und verzog sich auf einen Ast. Die Navigeule konnte über das Anwesen von Carlo noch gut sehen, wenn auch nicht mehr so gut hören, weil sie von Minute zu Minute müder wurde.

Gerade fielen Antasi die Augen zu, als sie ein merkwürdiges Rascheln wahrnahm. In der sonst ruhigen Spätsommernacht hörte man das Geräusch immer mehr und immer deutlicher. Aber sie dachte sich zunächst nichts weiter dabei und machte erneut einen Versuch, dass sie einschlafen wollte.

„Patsch! Zisch! Raschel!". Antasi schreckte sogleich wieder auf und konnte ihren Augen beim besten Willen nicht trauen. Mit einem ihrer Flügel rieb sie sich noch einmal kräftig die Augen aus. Dabei dachte sie: „Es kann sein, dass ich wirklich übermüdet bin. Vielleicht träume ich auch." Doch da hatte sich die Navigeule in ihrer Vermutung wirklich getäuscht. Im klaren Licht eines beleuchteten Baumes stand ein kleines Eichhörnchen vor ihr, was auf den ersten Blick kein gewöhnliches Eichhörnchen war.

„Was machst du denn hier auf meinem Baum? Habe ich dich etwa eingeladen? Also, das wüsste ich. Mach, dass du wieder verschwindest! Hier in diesem Garten gibt es ganz viele Bäume für dich. Der hier ist mein Revier. Also, nur los. Worauf wartest du noch?", schrie das Eichhörnchen mit vollster Energie und gleichzeitig leicht nervösen Unterton heraus.

Antasi blieb vollkommen unbeeindruckt, denn sie kannte diese Art von Reaktionen. Nicht nur in der Tierwelt, sondern ganz besonders in der Menschenwelt war es gang und gebe, dass man nur noch an sich denkt und nicht mehr das Wohl des anderen im Blick hat. Eine wirklich sehr bedauerliche Entwicklung, wie die Navigeule immer wieder aufs Neue feststellen musste. In vollkommener Gelassenheit und in sich ruhend antwortete sie dem aufgebrachten Eichhörnchen freundlich, aber gleichzeitig auch bestimmend: „Hallo, ja, es freut mich auch deine Bekanntschaft zu so später Stunde zu machen. Mein Name ist übrigens Antasi und ich bin die Navigeule vom weltberühmten Willibert Wiesel. Du weißt schon: Keiner weiß es, ich weiß es!"

Das Eichhörnchen war komplett überrascht, hatte es doch mit so einer Reaktion absolut nicht gerechnet. Meistens reagieren die Zeitgenossen verärgert und machen sich vom Acker. Wie lange sie dann das Eichhörnchen meiden, bleibt wohl für immer ein sehr wohlgehütetes Geheimnis.

„Es, also ich weiß jetzt gar nicht, was ich dazu sagen soll. Also, ey, eigentlich bin ich, bin ich eigentlich....", sprach das Eichhörnchen und schaute dabei sehr motzig auf den Stamm des Baumes. Also eine Bestätigung der schon schwierig erscheinenden ersten Reaktion von gerade eben.

„Darf ich mal fragen, wo du herkommst und wie dein Name ist?", setzte Antasi eines hinterher.

„Mein Name, ja klar. Also ich bin Baptist Freihörnchen von und zu Nadelwald. Gleichzeitig bin ich auch der Chef dieses Gartens und des Waldes hier. Und außerdem heißt es „Sie" und nicht du!", gab das Eichhörnchen stolz und mittlerweile beruhigter zur Antwort.

„Also gut: Was machen Sie denn so als Chef von diesem Garten und Nadelwald den ganzen lieben

Tag lang?", fragte Antasi weiter neugierig Baptist Freihörnchen von und zu Nadelwald.

„Na was wohl, du Schlaumeier! Ich sammle alles Mögliche an Nüssen und Waldfrüchten, um es als Vorrat zu vergraben."

Antasi nickte zustimmend zu diesem Gedanken und betrachtete das Eichhörnchen nochmals ganz genau. „Was ist? Was ist denn nun wieder?", fragte Baptist ganz keck weiter und war dabei sich auf dem Ast schnell auf und ab zu bewegen.

Die Navigeule konnte sich ein leichtes Schmunzeln nicht verkneifen. „Es ist nur, hehe, es ist nur so, also sehen Eichhörnchen immer so aus?", fragte die Navigeule ohne nachzudenken weiter.

„Ach so, du meinst mein Fell. Ja, ja, das ist nicht ganz richtig normal. Aber manchmal haben Eichhörnchen Haarwurzelkatharr. Das ist keine Krankheit und schon gar nicht ansteckend. Kommt manchmal vor. So wie bei anderen Gemüseschluckauf oder Dauerlachen.", antwortete Baptist Freihörnchen von und zu Nadelwald ganz selbstbewusst.

Inzwischen war die Müdigkeit von Antasi vollkommen vergessen und genauso die Unfreundlichkeit von Baptist. Die Navigeule erfuhr dabei, dass das Eichhörnchen ziemlich vergesslich ist und fast keine seiner Nüsse oder Früchte jemals wieder gefunden hatte. Das mag auch ein Grund für das Motzen und das aufgedrehte Wesen von Baptist sein.

„Ich habe da gerade eine Geschichte gehört von einer verschwundenen goldenen Kastanie. Werter Herr Baptist Freihörnchen von und zu Nadelwald, ist Ihnen so etwas schon einmal untergekommen?", wollte Antasi wissen und schaute dabei ganz eindringlich zu Baptist. Es schien fast so, als ob die beiden sich entgegen ihrer ersten paar Minuten der Begegnung doch gut verstanden.

„Lass mich mal überlegen, da war doch was. Aber wo? Ich kann es mir nicht mehr in Erinnerung rufen. Du weißt mein Gedächtnis Amnesie in Vergesseris. Das ist schon sehr blöd."

„Ich denke wir sollten gleich morgen früh meinen Chef und Meister Willibert Wiesel fragen. Sie wissen, dass er auf alles eine Antwort hat denn keiner weiß, es weiß es."

Jetzt wird es dann doch mal Zeit, dass wir uns ein bisschen ausruhen. Morgen ist auch noch ein Tag, an dem man eine goldene Kastanie suchen kann. Willibert Wiesel und Carlo haben sich mittlerweile zur Ruhe begeben, aber wohl noch nicht wissend, was sie in Kürze erwarten wird.

Antasi besprach schon zu früher Morgenstunde die augenblickliche Gesamtsituation mit dem Meisterdetektiv, der bekanntermaßen bei jedem neuen Rätsel sofort Feuer und Flamme war. Carlo schloss sich den Ermittlungen nach der verschollenen Kastanie allerdings nicht an, sondern zog es vor, die warmen Sonnenstrahlen des goldenen Herbstes zu genießen.

Willibert machte sich mit Antasi und Baptist Freihörnchen von und zu Nadelwald auf den Weg, um die Suche zu starten. Willibert hatte dabei die Idee, dass er das Fernrohr nehmen könnte, das er aus dem Seemannsladen in der Stadt bekommen hat. Das lag ja auch auf der Hand, denn damit konnte der Meisterdetektiv mehr als alle anderen sehen. Wenn nun das Eichhörnchen alles vergraben hatte, musste es damit auch relativ einfach gehen. Aber wo die Kastanie wirklich vergraben war, das wusste leider niemand.

„Damit willst du alles finden? Täusch dich mal nicht zu sehr, Willibert", motzte Baptist schon wieder in aller Früh. Heute war sein Haarwurzelkatharr ganz besonders schlimm. Man dachte fast, dass er mit seinen Pfoten in eine Steckdose gegriffen hätte. „Jetzt, aber mal halblang, werter Baptist Freihörnchen von und zu Nadelwald. Bei aller Wärme und Respekt, ein Meisterdetektiv wie ich weiß alles, auch wenn es sonst keiner weiß. Also lasst uns ans Werk gehen, damit wir endlich wissen, was es mit der goldenen Kastanie auf sich hat.", gab der Meisterdetektiv energisch zur Antwort.

Der morgendliche Nebel lag noch sanft über der Wiese und den Bäumen im Garten von Carlo. Langsam ging die Herbstsonne am Horizont auf und die Luft roch frisch nach Laub. Vorfreude und etwas Spannung lag in der Luft, denn alle drei waren schon sehr gespannt auf das Finden der goldenen Kastanie. Alle wollten wissen, ob es damit vielleicht ein ganz besonderes Geheimnis auf sich hatte.

„Meine Lieben, ich denke, dass ich für unsere Suchaktion am besten mein Spezialfernrohr nehmen, denn so werden wir wohl nicht weiter vorankommen."

Willibert zog das kleine normal aussehende Teil aus einer Umhängetasche und blickte damit einmal rund um seinen derzeitigen Standort. Zunächst war leider nichts zu erkennen, alles, was man sah, konnte der Meisterdetektiv auch mit einem normalen Fernglas entdecken. Willibert, Baptist und Antasi zogen los und machten sich auf den Weg in den nahen Wald, der mit einigen Bäumen in seiner Farbenpracht an diesem herrlichen Tag jedem gute Laune schenkte. Ansonsten waren es nur Nadelbäume. Wenn man nicht wusste, dass es gerade mitten im Herbst war, konnte man fast ahnen, dass es heute der angenehmste Frühlingsbeginn war, denn munter und vergnügt zwitscherten Vögel vor sich hin. Willibert begab sich auf eine kleine Anhöhe. Von dort hatte er einen guten 360° Rundumblick.

Leider war es nicht so richtig möglich, dass unser Meisterdetektiv von seinen Beobachtungsposten aus nach der goldenen Kastanie Ausschau hielt. Sein Spezialfernrohr brachte zwar einiges an unsichtbaren Dingen zum Vorschein, aber beim besten Willen keine Kastanie. Doch Willibert Wiesel wäre nicht Willibert Wiesel, wenn dieser nicht auch hier eine Lösung hätte.

Beim Beobachten fiel dem Meisterdetektiv in etwas weiterer Entfernung ein übergroßer Kastanienbaum auf. Zuerst war dieser durch das Dickicht gar nicht wahrzunehmen, dann aber beim zweiten präzisen Schauen sofort aufgefallen. Trotz seines Spezialfernglases konnte Willibert weder den Anfang, noch das genaue Ende des Baumes richtig erkennen.

„Leute, ich glaube, ich hab's!", schrie der Meisterdetektiv ohne jede Vorwarnung plötzlich aus sich heraus. Antasi und Baptist schauten diesen zunächst fragend an, waren sich aber im Klaren, dass man bei einer Information von Willibert Wiesel nichts infrage stellen sollte, denn er hat wirklich immer eine Antwort auf alle Fragen.

Kurzum begaben sich die drei Sucher auf dem direkten Weg zum großen Kastanienbaum. Ein bisschen dauerte der Fußmarsch durch die endlos erscheinenden Bäume, bis sie endlich an ihr Ziel kamen. Auf dem Weg dorthin kamen Baptist und Antasi erneut in eine uferlose Diskussion.

„Nein, du weißt doch als Eule überhaupt nicht, was die richtige Klettertechnik ist. Alles nur eine Frage der Präzision und vor allem der Übung. Einem Eichhörnchen wie mir lasse ich da gar nichts sagen, denn ich habe die jährlichen Klettermeisterschaften in Rekordzeit in der Ausdauerdisziplin immer wieder gewonnen. Und eine Eule? Die macht es sich doch den lieben langen Tag nur gemütlich und fährt eine ruhige Nummer.", motzte Baptist die Navigeule an.

Antasi begegnete diesen unhaltbaren Vorwürfen erneut mit der notwendigen Gelassenheit „Werter Herr Baptist, Ihre Vorurteile in Ehren", wollte die Navigeule gerade beginnen und wurde umgehend unterbrochen.

„Verehrtester Herr Baptist Freihörnchen von und zu Nadelwald, meine liebe Navigeule", verbesserte das Eichhörnchen frech die Worte von Antasi.

Diese begann erneut: „Also gut: Verehrtester Herr Baptist Freihörnchen von und zu

Nadelwald, Ihre Ehre im Gewinnen von Wettbewerben mit Respekt gesehen, aber auch wir Eulen haben einige Geschicke, die uns als Waldtiere etwas ganz Besonderes sein lassen. Eulen sind präzise Entdecker und besonders aufmerksam. Darf ich Sie erinnern, dass ich stets als Klassenbeste den jährlichen Test der Navigeulen zur professionellen Begleitung von Meisterdetektiven gewinne? Keiner meiner Mitstreiterinnen und Mitstreiter war und wird je besser sein als ich.", setzte Antasi der Meinung vom Baptist eines obendrauf.

Willibert Wiesel nahm die Streitereien der beiden gar nicht richtig war, sondern schaute nur andächtig nach oben auf die Spitze des Kastanienbaums. Dieser schien aufs erste gar nicht so einfach zu erklimmen zu sein. Der Meisterdetektiv dachte scharf nach und kam wie immer zu einem Entschluss: „Keiner weiß es, ich weiß es! Die goldene Kastanie muss hier auf jeden Fall versteckt sein. Das sagte mein meisterlicher Instinkt und der hat mich noch nie in Stich gelassen. Nun, am besten fange ich mit meiner Spurensuche ganz oben an. Ist ja auch viel einfacher, denn wahlloses Öffnen der Kastanien kann jeder.", bemerkte Willibert Wiesel tief versunken in einem Selbstgespräch.

Baptist und Antasi diskutierten weiter sehr energisch über die richtige Klettermethode und was man sonst noch alles als Tier in einem Wald und auf der Wiese oder im Garten können muss. Derweil begab sich Willibert Wiesel in der Tat auf den obersten Gipfel des Kastanienbaums. Stück für Stück begann dieser die Kastanien von ihrer Schale zu befreien. Dabei hörte man immer wieder ein „Aua!" oder „Au" oder gar „Da piekst ja nichts weiter!"

Jedes seiner Exemplare von Kastanien wanderte im Sturzflug nach unten. Antasi und Baptist mussten dabei sehr genau aufpassen, dass sie weder von der Schale, noch von der Frucht getroffen wurden. Es war wahrhaftig ein Bild zum Schmunzeln. Bei herrlichem Sonnenschein und warmen Temperaturen flogen wahllos Kastanien und ihre Hüllen von einem megagroßen Baum auf den Boden. Dort darunter sah man ein Eichhörnchen und eine Eule herumspringen, damit diese nicht getroffen werden.

Der Meisterdetektiv arbeitete sehr sorgfältig Wipfel für Wipfel nach unten. Auch wenn dieser sowohl die Geduld, als auch die Kraft langsam verlor, ging es mit unbeirrbarer Ausdauer weiter auf der Suche nach der goldenen Kastanie.

„Also ich weiß nicht so recht. Irgendwie ist das scheinbar doch ein Fass mit offenem Boden. Kein Ergebnis, nur schöne, große Kastanien. Aber keine goldene Kastanie! Ich bin schon Stunden hier und sehe einfach kein Land. Nützt aber nichts, denn als Meisterdetektiv meiner Klasse habe ich schon jede Ermittlung und jede Suchaktion mit Erfolg abgeschlossen. Also, packen wir es weiter an!", motivierte sich Willibert Wiesel immer wieder selbst.

Dem Eichhörnchen und der Eule wurde durch ihr weiterhin angespanntes Gespräch auch nicht langweilig. Somit vergingen also weitere Stunden und lassen wir es am Ende zehn Stunden gewesen sein, bis Willibert Wiesel die vorletzte und schließlich die letzte Kastanie öffnete. Sichtlich müde und antriebslos begab der Meisterdetektiv sich durch die spitzen Stacheln in das Zentrum der Schale zu kämpfen und konnte dabei seinen Augen nicht trauen. Nein, Willibert Wiesel rieb sich noch einmal gründlich die Augen, bevor er vor lauter Freude fast vom Baum gefallen wäre: „Ich habe sie! Ich habe sie!", rief dieser mit größtem Stolz. Antasi und Baptist schauten die wenigen Meter nach oben und forderten Willibert auf, dass er sich zu ihnen gesellen sollte.

„Wir wussten es! Du bist und bleibst einfach der weltbeste Meisterdetektiv mit einem überaus genauen Spürsinn!", lobten ihn die beiden Begleiter.

Mittlerweile begann es zu dämmern und alle drei begaben sich durch den dichten Wald auf den Heimweg zu Carlo dela Storio. Dieser hatte ein leckeres Abendessen für alle vorbereitet und wartete sehnsüchtig auf sie und vor allem auch auf Neuigkeiten.

Als alle nun das gemütliche Essen in der sehr heimlichen Wohnstube von Carlo einnahmen, bekam dieser alles ganz genau erzählt, wie es letztendlich zum Fund der lang gesuchten goldenen Kastanie kam.

„Was wollen wir nun genau machen? Es heißt ja, dass man einen Wunsch frei hat, wenn man die Kastanie findet.", begann Carlo seine Überlegungen und schaute dabei die drei Entdecker an, gespannt auf Ihre Reaktion. Schließlich: „Keiner weiß es ich weiß es! Es soll noch ein Wunsch sein, den man von ganzem Herzen hat oder?", fragte der Meisterdetektiv in die Runde.

„Ja, natürlich gibt es viele Herzenswünsche. Angefangen von Gesundheit, einem langen und glücklichen Leben bis zu Friede, Gerechtigkeit usw. Ich würde mir das alles am liebsten wünschen, müsste das auch sonst jeder auf der Welt tun und vor allem fest daran glauben.", ergänzte Carlo die formulierten Überlegungen des Meisterdetektivs.

„Du hast recht, Carlo, das wünschen sich bestimmt alle und wir dürfen das auch nie außer Acht lassen. Aber ich glaube mit der goldenen

Kastanie und dem entsprechenden Wunsch ist es vielleicht etwas anderes gemeint. Etwas, was einem möglicherweise auch nur kurzfristig Freude bereitet. Aber was mag das nur sein?", gab der Meisterdetektiv zu bedenken.

Nach kurzer Zeit des Schweigens sagte Baptist schließlich: „Schnee! Also ich wünsche mir nichts mehr als wieder eine richtige Portion davon. Die letzten Jahre gab es ja viel zu wenig davon. Ihr erinnert euch an die defekte Schneemaschine von Schnobi Schneebär und dann die Verzögerung durch den Professor Herbstwind mit seiner Kastanienaktion.", gab Baptist zur weiteren Diskussion in die Runde.

„Richtig, verehrter Herr Baptist Freihörnchen von und zu Nadelwald! Ich muss Ihnen da voll und ganz beipflichten. Schnee können wir alle einmal wieder gebrauchen."

Sowohl Willibert Wiesel, als auch Carlo della Storio unterstützten die Idee und fragten sich sogleich, wie man einen Wunsch der goldenen Kastanie auch nur entlocken könnte. Die Überlegungen dauerten nicht lange, da Carlo eine wichtige Information beim Erzählen dieser Geschichte vergessen hatte.

„Liebe Freunde, wenn man sich etwas von der goldenen Kastanie wünscht, muss man diesen Wunsch singen. Da es aber weder Text, noch

Melodie dazu gibt, müssen wir uns selbst etwas überlegen."

Willibert Wiesel war nicht sehr musikalisch, auch war Antasi bekanntermaßen vom Gesangsunterricht befreit worden. Allerdings haben sie in Baptist Freihörnchen von und zu Nadelwald einen begnadeten Sänger und Liedermacher an ihrer Seite.

„Meine werten Freunde, darf ich euch bei aller Bescheidenheit und Respekt darauf aufmerksam machen, dass ich jedes Jahr die besondere Auszeichnung für Sang und Klang im Nadelwald erhalte. Naja, es ist vielleicht nicht bis zu euch hervor gedrungen, aber manche Eichhörnchen haben hier ein echtes und vor allem einmaliges Talent. Soll ich es euch einmal beweisen?", fuhr Baptist mit Stolz und Überzeugung fort.

Nicht nur Willibert Wiesel, sondern auch die anderen winkten sofort wie im Reflex danken ab. Zugleich baten sie aber Baptist, sich für den Wunsch nach Schnee eine Melodie und Gedanken zu machen. Lange hat es an diesem Abend nicht gedauert und stand die „Ode an den Schnee" auf dem Programm.

Damit der Wunsch dann auch wirklich erfüllt würde, mussten sich alle nochmals nach draußen in den Garten von Carlo della Storio begeben. Dieser hatte in der gemütlichen Sitzecke, wo er gestern mit Willibert Wiesel, seinen Abend am

Lagerfeuer verbrachte, eine restaurierte und zu einem Tisch umgebaute Kabeltrommel aus Holz. Dort legte er die goldene Kastanie in die Mitte neben einer kleinen orangefarbenen Leuchte. Diese gab es so viel Licht ab, dass die Kastanie in einem wahrlich mystischen Schein erstrahlte. Willibert Wiesel stand mit Carlo, Antasi und Baptist um die Kabeltrommel und sie begannen die „Ode an den Schnee" zu singen.

Der schöne Herbsttag hatte sich vor Stunden verabschiedet und es wurde merklich kühler. Noch während ihres Singens gingen die Temperaturen gefühlt weiter in den Keller, aber von Schnee war absolut keine Spur.

„Habt ein wenig Geduld, liebe Freunde", tröstete Willibert die übrigen Anwesenden. Kurze Zeit später begann es aus den dicksten Wolken ganz heftig zu schneien. Der Wunsch, den die vier ausgesprochen oder besser gesungen hatten, wurde also erhört und Schnobi Schneebär hatte in diesem Jahr bereits zu sehr frühen Tagen alle Hände voll zu tun, damit seine Schneemaschine auch die gewünschten Ergebnisse brachte. Die Zeit bis in den frühen Morgenstunden des darauffolgenden Tages verging wie im Flug. Allerdings hörte es bis zum nächsten Vormittag auch nicht eine Sekunde auf in vollster Ladung zu schneien.

Willibert Wiesel und seine Freunde trauten ihren Augen nicht, denn wo gestern noch alles herbstlich gefärbt war, lag nun eine winterliche Schneedecke.

„Ich glaube, lieber Carlo, unsere Wünsche haben sich mehr als erfüllt. Das ist auf der einen Seite super, aber auf der anderen Seite sind wir wohl die nächste Zeit bei dir hier in deinem gemütlichen Haus festgehalten.", bemerkte der Meisterdetektiv mit kühner Überlegenheit.

Carlo nickte und lächelte, denn er war gerade dabei, ein leckeres Marmeladenbrötchen zu genießen. Antasi ließ sich es nicht nehmen und flog eine ausführliche Runde um den Garten von Carlo, um sich einen besseren Überblick über die Schneelandschaft zu verschaffen. Die Luft war kühl, denn es wehte ein leichter Wind, der einem fast schon die Schneeflocken in die Augen brachte. Die Navigeule trug eine Schnee-Spezialbrille, die ihr einen ungestörten Flug ermöglichte.

„Mein werter Meister, alles ist vollkommen eingeschneit. Weißt du, was dabei recht merkwürdig ist?", fragte Antasi Willibert Wiesel. Dieser überlegte nicht einmal zehn Sekunden und meinte „Keiner weiß es, ich weiß es! Ich glaube die Erfüllung unseres Wunsches ist auf ein bestimmtes Gebiet begrenzt und daran ist alles wieder wie sonst."

„Mit wahrer Präzision im Kombinieren! Genauso ist es, werter Meister", bestätigte die Navigeule seine Vermutung und war stolz darauf, mit dem weltbekannten Meisterdetektiv zusammenzuarbeiten. Baptist, der sich in seinem geheimen Versteck in einem Baum in der Nähe des Wohnhauses von Carlo della Storio aufhielt, war ebenso verdutzt über die Schneemassen und erneut motzig.

„Wo sind denn nun meine vergrabenen Nüsse? Ich habe keine Ahnung! Drei Eichhörnchen fix nochmals, einmal kein Winter, dann Winter im Herbst und nun wieder jede Menge Schnee. Also, wenn ich den Schnobi Schneebär das nächste Mal sehe, dann braucht es ein ernstes Wort mit ihm. Nimmt alles wieder auf einmal viel zu genau. Schnee haben sie sich gewünscht. Ich hätte mir lieber eine Nussknackermaschine vorstellen können. Aber was soll's, man kann es sowieso nicht mehr zurückdrehen.", brummelte das Eichhörnchen so vor sich hin und ertappt sich dabei, schon wieder vollkommen nervös den Baumast hinauf und hinab zu steigen.

Willibert machte es sich mit Antasi bei Carlo weiterhin gemütlich mit Brettspielen und leckerem Tee. Inzwischen hörte es auf zuschneien, aber es war trotzdem keine Chance auf eine Heimfahrt zu ihrer Unterkunft für

Willibert und Antasi möglich. Mittlerweile fühlten die beiden sich bei Carlo della Storio richtig wohl und hatten nicht die Absicht gleich zu starten.

Am späteren Nachmittag kam dann ein bisschen die Sonne hinter den sonst so dichten Wolken hervor. Es war eine wahre Augenweide, sich den Schneemassen mit seinem Glitzern zu betrachten. Dazu eine heiße Tasse Tee was wollte man mehr?

Doch diese ruhige und sehr beschauliche Atmosphäre währte nicht allzu lange, denn aus nicht allzu weiter Ferne bildeten sich erneut schwarze Wolken. Baptist Freihörnchen von und zu Nadelwald, der den Tag weitgehend in seiner kleinen Baumwohnung verbracht hatte, war bekanntermaßen kein Freund von Wolken, die schlechtes Wetter brachten.

Bei Antasi war das nicht weniger der Fall, denn eine Navigeule darf sich in einer solchen Gesamtsituation zurückziehen. Carlo und Willibert waren gerade in ihre Spielesammlung vertieft, dass sie es gar nicht so sehr mitbekommen haben, was draußen vor sich geht. Es begann nämlich nicht Schneeflocken zu schneien, sondern ganz andere Dinge. Unzählige Kalenderblätter, Zeiten, Jahreszahlen und Uhren flogen wie verrückt durch die Luft und schaute man genau hin, so entdeckte man ein absolutes Chaos.

Willibert eilte mit Carlo zum Fenster in der Küche, als beide das Schauspiel mitbekommen hatten.

„Dieses Mal weiß ich auch nicht, was das auf sich hat.", begann Willibert zu sprechen und versuchte einmal scharf nachzudenken. Leider hatte der Meisterdetektiv dieses Mal beim besten Willen keine Idee, was gerade vor sich ging. Carlo wurde sichtlich nervöser und sprach mit äußerst vorsichtiger Stimme: „Vielleicht sollten wir mal jemanden fragen, der sich mit diesem Phänomen auskennt."

Willibert lief inzwischen recht aufgebracht durch die Küche von Carlo und brummte vor sich hin: „Wen könnten wir fragen? Und vor allem auf welchem Weg?"

Längeres Schweigen der beiden brachte nur einen größeren Wirbel der kuriosen Gegenstände direkt vor ihrer Haustür.

„Keiner weiß es! Ich weiß es! Mein Freund der Zauberer Zirini hatte immer eine passende Antwort auf ungeklärte bzw. mysteriöse Fragen gewusst. Zu dumm aber auch, denn mein Handy ist leer und das Ladekabel ist im Hotelzimmer."

„Kein Problem, werter Meisterdetektiv! Ich habe hier noch ein klassisches Wählscheibentelefon.

Damit kannst du deinen Bekannten jederzeit gerne anrufen."

Wie wir wissen, betreibt der Zauberer Zirini in dieser Jahreszeit einen kleinen Laden, in dem man alles rund um Lavendel bekommen kann. Willbert Wiesel zögerte nicht lange und rief den Zaubermeister an. Dieser war bereits über die Situation im Bilde und wusste auch gleich eine passende Lösung:

„Sowas aber auch, da wird wieder etwas mit der Schneemaschine bei Schnobi Schneebär sein. Dieses Mal sieht es so aus, als ob ein fremder Bösewicht sich die Maschine geschnappt und modifiziert hat. Kürzlich war eine merkwürdige Person in meinen Laden. Dieser hatte einige Andeutungen über Veränderungen gemacht. Aber dazu muss ich die ein wenig mehr erzählen.", begann der Zauberer mit seinen Überlegungen.

„Machen wir bei nächster Gelegenheit, lieber Freund. Wir brauchen jetzt erst einmal eine schnelle Hilfe, dass die kuriosen Schneefälle umgehend ausgeschaltet werden. Schnobi erreiche ich nicht, da seine Telefonnummer in meinem akkuleeren Handy steht.", sprach Willibert verzweifelt und sah weiterhin, dass es zahlreiche Dinge schneit, die im engsten Sinne etwas mit dem Thema „Zeit" zu tun haben.

„Mein Freund, ich versuche mit Logik eine Lösung zu bekommen. Hab ein bisschen Geduld bitte.", versuchte Zirini seinen Freund zu beruhigen. Gleich nach dem Telefonat schloss der Zauberer für heute seinen Lavendelladen, um ganz schnell Schnobi zu erreichen.

„Schnobi, altes Haus. Wir haben hier ein großes Problem. Es schneit bei Willibert und Carlo keinen Schnee sondern...", wollte Zirini gerade beginnen, jedoch wurde er unterbrochen. „Hier ist etwas ganz merkwürdiges geschehen, aber ich muss leiser reden, denn ich habe ungebetenen Besuch. Eine schwarze Gestalt hat sich bei mir unbemerkt und auf die fieseste Methode eingeschlichen. War gerade dabei, den Wunsch von Carlo, Willibert und Antasi sowie Baptist zu erfüllen, da wurde ich abgelenkt von einem merkwürdigen Geräusch. Als ich dem auf den Grund gehen wollte und zurück zur Schneemaschine ging, war diese von der mysteriösen Gestalt besetzt.", erzählte Schnobi dem Zauberer leise ins Telefon.

Dabei erfuhr dieser, dass sich die nicht näher definierte Person als „Zeitmeister über die Welt" bezeichnete. Schnobi gelang es nicht, den Eindringling wieder los zu werden. Ganz im Gegenteil: Schnobi Schneebär wurde von einem ausgestreuten Geruch derart müde und träge, dass dieser gerade noch in einen Bereich schaffte, um dort in Ruhe zu schlafen. Das dies bei allem Respekt ein ungewolltes Nickerchen wurde, war auf dem ersten Blick vollkommen klar.

Zirini und Schnobi Schneebär verhandelten nach diesem Nickerchen noch ein paar Minuten am Telefon, bis schließlich eine brauchbare Lösung entstanden ist. Schnobi sollte den selbst ernannten Zeitmeister ans Telefon holen. Zirini wusste nämlich einen sicheren Zauberspruch, damit dieser sofort mit dem Verschwinden der Zeit aufhört.

Gesagt – getan. So kam es, dass Schnobi den Zeitmeister an sein grünes Wählscheibentelefon holte. Alles hatte er unter dem Vorwand gemacht, dass der Chef der Welt- Uhren-Verwaltung mit ihm sprechen wollte, da es einen ganz dringenden Auftrag für ihn gab. Weit gefehlt, denn der Zauberer Zirini schaffte es nach wenigen Sekunden, den ungebetenen Gast bei Schnobi Schneebär so zu verzaubern, dass dieser umgehend dem mit dem Schneien von Kalenderblättern, Jahreszeiten und Uhrzeiten aufhörte.

Schnobi konnte seinen Augen nicht trauen, da der Zauberspruch von Zirini sofort gewirkt hatte. Zum Glück stand sein Telefon in der Nähe seines Schlafplatzes und der Zeitmeister war mit seinem Unfug so beschäftigt, dass es nichts von dem Anruf zu Beginn mitbekommen hatte.

Die mysteriöse Person ließ nach dem Zauberspruch den Unfug sein und es kam ein schwarzweiß gestreiftes Lama zum Vorschein. Schnobi verstand sich seit diesem Augenblick sehr gut mit dem Gast und erfuhr auch, was es mit der ganzen Aktion auf sich hatte.

„Mein lieber Freund, ich wollte beim besten Willen kein Unfug machen oder eine Person auf der Erde verärgern. Die Menschheit geht seit langem verschwenderisch und unüberlegt mit der Zeit um. Mit meinen ganz besonderen Schnee wollte ich sie zum Nachdenken über die eigene Lebenszeit anregen. Der wirklich außergewöhnliche Schnee ist nicht nur bei Willibert mit seinen Freunden auf die Erde gefallen, sondern auch an vielen anderen Stellen auf der Welt.", erklärte das Lama in aller Gemütsruhe.

Derweil war die Schneemaschine ausgeschaltet und so schnell der Schnee kam, so schnell war dieser auch wieder verschwunden. Willibert Wiesel war inzwischen sehr erleichtert und machte sich von Carlo della Storio zusammen mit Antasi wieder auf den Weg zu seiner Unterkunft. Sie waren, trotz der bisherigen Erlebnisse, im bekanntlich in ihrem Spätsommerurlaub.

Baptist Freihörnchen von und zu Nadelwald trainierte den restlichen Herbst gemeinsam mit Carlo seine Gedächtnisfähigkeiten.

Tag für Tag wurden diese merklich besser und somit fand das Eichhörnchen seine vergrabenen Waldfrüchte sicherer. Zirini verbrachte die kommende Zeit in seinem Lavendelladen und Willibert Wiesel genoss mit Antasi die restlichen Tage ihres Urlaubs.

Blicken wir jetzt zurück zu Unki und Mitti mit ihrer Zauberfeder und ihrem Zauberbuch. In der letzten Zeit ist es etwas ruhiger bei den beiden zugegangen und sie haben die gerade erzählten Geschichten in Ruhe von zu Hause aus mitgelesen.

Letztes Wochenende meldete sich allerdings ein alter Bekannter Freund bei ihnen zu Wort. Unki und Mitti kannten ihn aus der Vorweihnachtszeit in der Lebkuchengasse. Die Rede ist von Herrn Vollmondregenbogen.

Dieser ist bekanntermaßen ebenfalls Dichter und Geschichtenerzähler und hat eine Einladung ausgesprochen, der Unki und Mitti durch ihre Zauberfeder nachgekommen sind. Wie auch sonst möchte Herr Vollmondregenbogen ein Fest feiern und hat Beiden mit ihrem Hund Mogli dazu eingeladen.

Folgender Text stand eines Vormittags in ihrem Zauberbuch geschrieben:

Meine Lieben,
manchmal ist es ganz wichtig, dass man im
alltäglichen Fluss des Lebens einmal für
bestimmte Zeit innehält. Grund genug, mit euch
ein farbenfrohes und abwechslungsreiches Fest
zu feiern. Alle unsere gemeinsamen Freunde
werden hoffentlich genau wie ihr Zeit finden,
dass wir uns alle wieder sehen können. Mehr
verrate ich euch im Laufe der nächsten Tage hier
in eurem Zauberbuch. Ich freue mich auf euch.
Seid herzlich gegrüßt
Euer treuer Freund
Meister Vollmondregenbogen.

Die beiden freuten sich in der Tat, diese
Einladung vollkommen überraschend in ihrem
Zauberbuch mit ihrer regenbogenartigen Feder
gelesen zu haben. Nicht nur die Beiden mit ihrem
treuen Begleiter Mogli, sondern auch Willibert
Wiesel mit Antasi und Carlo della Storio haben
die Einladung bekommen. Der Zauberer Zirini,
sowie Zetha Zimtstern und Lunelli Lebkuchen
waren auch mit von der Partie. Ein paar Tage
vergingen und dann war klar, was Herr
Vollmondregenbogen geplant hatte, ein richtiges
und vor allem außergewöhnliches Herbstfest zu
veranstalten. Stattfinden lassen wollte der
Geschichtenerzähler es im großen Garten von
Carlo della Storio.

Dort gab es in der Tat das eine oder andere schöne Plätzchen, wo man es sich gut gehen lassen konnte. Organisatorisch war es wenig schwierig, dass am vorletzten Sonntag im Oktober alle am frühen Nachmittag bei Carlo in seinem Garten versammelt waren. Willibert Wiesel verlängerte seinen Urlaub einfach bis zu diesem Zeitpunkt, Zirini wollte sowieso sein Laden für die Winterpause schließen und Mitti und Unki waren mit ihrer Zauberfeder auch ganz schnell vor Ort. Der Weihnachtsmann Ronny verband eine Probefahrt mit Little Blitz Speedy mit dem Abholen von Lunelli und Zetha. Fehlen nur noch die Kuh Elsa, die durch ihr Kuhaustauschprogramm ebenfalls ganz in der Nähe war und Schnobi Schneebär. Dieser brauchte nach der sehr waghalsigen Aktion mit dem Lama und der eroberten Schneemaschine ebenfalls noch mal eine Auszeit, bevor es in die Wintersaison gehen konnte.

Ein wolkenloser Himmel und angenehme Temperaturen bescherte allen eingeladenen Gästen an diesem Nachmittag eine schöne Zeit. Carlo hatte viele Sitzgelegenheiten aufgebaut, sodass jeder einen gemütlichen Platz einnehmen konnte.

Bunte Sonnenschirme und ebenso liebevoll gedeckte Tischtafeln rundeten das einladende Bild zu dieser goldenen Jahreszeit ab.

Nachdem sich alle eingefunden hatten, gab es zur Begrüßung einen leckeren Quittensaft und eine ebenso neue Kreation von Lunelli Lebkuchen. Dieser hat sich für den Beginn der Saison nämlich etwas ganz Besonderes ausgedacht: Kastanienkekse und Zimttaler hat er aus seiner Lebküchnerei in der Lebkuchengasse zum heutigen Herbstfest mitgebracht. Alle freuten sich auf das Wiedersehen und hatten zunächst ganz viel zu erzählen, denn innerhalb eines Jahres darf schon das eine oder andere passiert sein und man möchte doch auch nichts von dem verpassen, was die anderen erlebt haben.

Kurz darauf begann Herr Vollmondregenbogen mit einer kleinen Ansprache:

„Liebe Freunde, es freut mich außerordentlich, dass wir heute Nachmittag alle den Weg und besonders die Zeit gefunden haben, um an meiner Einladung zum Herbstfest teilzunehmen. Wir alle hatten nach unserer ersten Begegnung in der Lebkuchengasse viele Erlebnisse und hoffentlich schöne Augenblicke. Heute möchte ich mit euch eine bewusste Pause vom Alltag machen, damit ihr alle eure wohlverdiente Ruhe findet. Ganz herzlich möchte ich mich bedanken, dass alle meiner Aufforderung nachgekommen sind und etwas Kulinarisches beisteuern. Also, lasst es euch gut gehen, genießt diese Stunden und freut euch auf die eine oder andere

Geschichte, die ich euch heute im Laufe des Nachmittags sehr gerne erzählen möchte.", sprach Herr Vollmondregenbogen zu seinen Gästen.

Währenddessen begab sich der Hund Mogli zusammen mit der Navigeule zur Kuh Elsa, um es sich dort gemütlich zu machen und genüsslich die Sonnenstrahlen zu tanken. Little Blitz Speedy war auch nicht weit von ihnen entfernt und trank ganz kräftig aus einem Wassertrog. Die erste Probefahrt mit dem Weihnachtsmann Ronny war doch relativ anstrengend und Little Blitz Speedy muss noch ganz kräftig trainieren, damit alle Geschenke zuverlässig und pünktlich zum Weihnachtsfest ausgeliefert werden können. Ronny unterhielt sich übrigens prächtig mit dem Zauberer Zirini und Carlo della Storio. Unki und Mitti hatten mit Zetha und Lunelli ein ebenso spannendes Gespräch. Dazu hörte man immer wieder das Klirren von Tassen und Tellern, da es sich alle gut gehen ließen. Übrigens waren auch die beiden langen Tische schön herbstlich geschmückt. Auf beiden standen große Sträuße von Sonnenblumen und wie konnte es auch anders sein jede Menge Kastanien. Nach einer kleinen Leckerei zum Einstieg in das Herbstfest wurde von Herrn Vollmondregenbogen richtig aufgetischt. Zum Glück haben alle Gäste auch wirklich daran

gedacht, etwas zu der Feier mitzubringen. Als
warmes Hauptgericht gab es Spaghetti mit
Tomatensauce und dazu einen leckeren Salat mit
allerlei selbstgepflückten Kräutern. Willibert
Wiesel ließ es sich an diesem Tag nicht nehmen
und hat eine ganz vorzügliche Pilzpfanne kreiert.
Neben seiner Arbeit als Meisterdetektiv ist er
auch Pilzbeauftragter, weil es sich damit ganz
besonders gut auskennt. Zu etwas späterer
Stunde gesellten sich die Gräfin Gertrude
Ganzgenau und Herr Hansemann unter die
Gäste. Beide sind mit der fliegenden Telefonzelle
zur Feier im Garten von Carlo della Storio
nachgekommen. Doch leider hat ihr Gefährt ein
bisschen Anlaufschwierigkeiten, das von der
letzten Tour auf der Suche nach dem verlorenen
Rezeptbuch von Lunelli mehr als gedacht
beansprucht wurde. Pünktlich zu Kaffee und Tee
waren dann alle anwesend.
Obwohl es noch spätsommerlich warm war und
sich die Sonne weitgehend bei wolkenlosen
Himmel zeigte, genossen alle die ersten
weihnachtliche Leckereien. Die Kuh Elsa gab
dazu beste, frische Milch, sodass es wirklich an
nichts fehlte. Wie bereits beim spontanen Besuch
von Willibert Wiesel bei Carlo della Storio ging
auch dieses Herbstfest bis lange Zeit nach
Sonnenuntergang. In klassischer Tradition gab
es eine Wiederauflage des Lagerfeuers, dass

Willibert und Carlo organisierten. Die kühle Luft des herannahenden Abends vermischte sich mit der warmen Glut, die das Lagerfeuer abgab. Alle Gäste fühlten sich wohl und führten weiterhin die unterschiedlichsten Gespräche.

Mitti und Unki erzählten von ihrer Zeitfeder, während Willibert Wiesel wohl immer noch von der Kastanienaktion beeindruckt war. Die Kuh Elsa, Mogli und die Navigeule zogen sich zu ihrer verdienten Nachtruhe zurück. Nur einer fehlt die ganze Zeit auf dem Herbstfest. Die Rede war ganz klar von Baptist Freihörnchen von und zu Nadelwald. Doch war das Eichhörnchen nun schon wieder verschwunden. Wo war es nur? Ganz einfach: Nachdem der spontane und sehr intensive Schnee wieder aufhörte, machte sich Baptist auf den Weg. Er wollte einige seiner Waldfrüchte suchen und ausgraben, weil Eichhörnchen an sich auch immer sehr hungrige Zeitgenossen sind. Anfangs hatte Baptist das Gedächtnistraining mit Carlo, doch scheinbar hat das Eichhörnchen seine Hausaufgaben nicht zu ernst genommen und innerhalb kürzester Zeit wieder alles verlernt bzw. vergessen. So kam es, dass Baptist wesentlich länger für das Suchen seiner Herbstfrüchte brauchte, als dieser im geringsten Gedanken angenommen hatte.

Hinzu kam, dass Baptist ausgerechnet heute wieder ganz besonders viel Haarwurzelkatharr hatte, was ihn nochmals mehr motziger machte als sonst überhaupt. Bei fast vollkommener Dunkelheit kehrte das Eichhörnchen in seinen Wohnbau zurück. Dieser befand sich in ziemlich unmittelbarer Nähe zum Lagerfeuer, wo alle zusammen mit Meister Vollmondregenbogen ausgiebig und gelassen feierten. Baptist war gerade dabei sich in sein aus Stroh gebautes Bett zur Nachtruhe zu begeben, als er sehr schnell zu einer weniger erfreulichen Begegnung kam.

„Was zum Hörnchen ist das schon wieder?", brummelte Baptist anfangs noch leise vor sich hin. Das Eichhörnchen versuchte sich in seinem Bett so zu legen, dass es noch ruhiger wurde. Alles war aber leider vergebens.

Baptist hatte sich in dieser Nacht auf seinen Haarwurzelfriseur ganz besonders gefreut, da nach einem so anstrengenden Tag eine ausführliche Behandlung seines Fels wirklich notwendig war. Dazu muss man wissen, dass ein Haarwurzelfriseur immer nur über Nacht erscheint und man sich erst am darauffolgenden Morgen vom Ergebnis seiner Kunst überzeugen konnte. Doch in dieser Nacht hatte Pierre de Lock keine Chance, sich dem Fell von Baptist Freihörnchen von und zu Nadelwald zu widmen, da es für das Freihörnchen absolut keine Ruhe gab.

Baptist hörte die munteren Stimmen, die in vollster Lautstärke miteinander sprachen. Der Schatten des beachtlichen Lagerfeuers spiegelte sich am Eingang zu seinem Unterschlupf. Baptist war schneller auf dem Ast oberhalb der feiernden Gäste, als man sich nur denken konnte. „Aufhören! Sofort aufhören! Das ist nächtliche Ruhestörung! Hallo, hört ihr mich nicht? Ich werde gleich die Eichhörnchengewerkschaft kontaktieren, die wird euch schon zeigen, wo die Nuss hängt!", rief das Eichhörnchen in voller Aufregung und rannte dabei in bester Manie auf dem Ast hin und her.

Doch das lies alle unbeeindruckt, den Baptist brüllte zwar, aber für die Gäste im Garten von Carlo war es viel zu leise. Das Freihörnchen wäre nicht einfach ein von und zu Nadelwald, wenn es nicht doch mehr Möglichkeiten hatte. Baptist nahm einer seiner kleinen Nüsse aus dem Speicher und warf diese nach unten.

„Hallo, aufhören! Aha, ihr kapiert wohl nicht! Ich bin der Chef hier im Garten und meine Regeln sind gefälligst zu befolgen!"

Zunächst keine Reaktion aller Betroffen, doch dann landete eine der Nüsse im Teeglas von Willibert Wiesel. „Keiner weiß es! Ich weiß es!", rief dieser als Reaktion wie aus der Pistole geschossen. Instinktiv blickte er in die Richtung, aus der die Nuss geflogen kam.

Der Meisterdetektiv sah dort Baptist wie verrückt auf dem Ast hin und her rennen und gleichzeitig hüpfen. Das war schon ein lustiges Bild, aber Willibert Wiesel wäre nicht Willibert Wiesel, wenn er die Lage nicht lösen konnte. Ganz gelassen lief er auf den Baum zu und stellte sich direkt unter den Ast von Baptist.

„Lieber Baptist, schön, dass du zu so später Stunde noch zu uns kommt. Deine Freude ist ja fast ungebrochen.", bemerkte Willibert Wiesel vollkommen ruhig.

„Freude? Dass ich nicht lache! Ich will meine Ruhe und schlafen. Heute war ich den ganzen Tag auf Achse und will meine wohlverdiente Ruhe jetzt. Sag das den anderen und feiert, wann und wo ihr wollt. Nur nicht hier! Das ist ein Befehl!", trotzte Baptist Freihörnchen von und zu Nadelwald weiter.

Der Meisterdetektiv blieb davon weiterhin unbeeindruckt und setzte noch eines drauf: „Du kannst gerne zu uns mit nach unten kommen. Herr Vollmondregenbogen ist ebenfalls wie Carlo ein bekannter Geschichtenerzähler. Er wollte heute eine lange Geschichtennacht im Anschluss an unser Herbstfest veranstalten. Du bist herzlich eingeladen. Komm mit, Baptist!", forderte Willibert Wiesel das Eichhörnchen auf.

„Also, werter Herr Wiesel, es heißt immer noch

Baptist Freihörnchen von und zu Nadelwald!",
verbesserte das Eichhörnchen ihn.

„Also gut, werter Herr Baptist Freihörnchen von
und zu Nadelwald, würden Sie bitten die
hochwohlgeborene Güte besitzen, uns durch Ihre
geschätzte und würdige Anwesenheit die lange
Geschichtennacht bereichern?", fragte Willibert
Wiesel in vorzüglich der Höflichkeit das rote
Eichhörnchen. Das alles sah im Schatten des
Lagerfeuers sehr witzig aus, denn durch das
Herumwuseln und das heftige Motzen war das
Fell des Eichhörnchens elektrisiert aufgeladen.

Kurze Zeit lenkte Baptist ein und folgte dem
Meisterdetektiv zum Lagerfeuer. Dort
angekommen wollten die Feiernden gerade ein
paar Lieder singen und Schnobi Schneebär
stimmte unterschiedliche Melodien an, die alle
fröhlich mitsangen. Baptist verspürte ab diesem
Moment fast keine Müdigkeit und schon gar
keine Motzigkeit mehr. Er freute sich schließlich
doch, dass ihn Herr Wiesel zur
Geschichtennacht nachgeholt hat. Herr
Vollmondregenbogen hat es anfangs noch relativ
schwierig, da er die ausgelassene Stimmung
nicht bremsen wolle. Schließlich bat er aber seine
Gäste um Aufmerksamkeit mit folgenden
Worten:

„Meine Lieben, nach diesem herrlichen
Herbsttag mit leckeren Speisen und Getränken,

anregenden Gesprächen und jetzt ausgelassenen Liedern, möchte ich euch sehr gerne einladen. Einladen auf eine kleine Gedankenreise in Form von weitern Geschichten. Ihr kennt mich von meinem Besuch in der Lebkuchengasse im vergangenen Jahr. Hier habe ich euch einige meiner Geschichten und Gedichte vorgetragen. Heute soll es wieder um Geschichten gehen, die das Leben schreibt.", begann Herr Vollmondregenbogen seine Ausführungen und schaute dabei aufmerksam in die Runde. Alle seine Gäste waren sehr gespannt auf seine Erzählungen.

„Liebe Freunde, in meiner ersten kleinen Geschichte geht es um einen alten und weisen Dorfhändler. Dieser hatte, wie sollte es anders sein, einen anheimelnden Laden inmitten einer Fußgängerzone. Dort herrschte immer stetes Treiben und Herr Rotheweg konnte sich beim besten Willen nicht um zu wenig Kundschaft beschweren. Für jeden noch so ausgefallenen Wunsch hatte unser Händler steht die passende Kollektion parat. Dies hat sich natürlich im ganzen Land herumgesprochen, ja, es ging sogar bis hinauf in das Königshaus. König Schwermut und seine Frau Trübsinn gönnten es niemanden, dass Erfolg oder Glück auf der Tagesordnung standen. Nur die beiden Herrscher sollten von Reichtum und Wohlergehen gezeichnet sein.

So kam es, dass das Königspaar eines Tages zu Herrn Rotheweg ging, um nach neuen Stoffen zu fragen. Ihnen war es dabei äußerst wichtig, dass mit dem erworbenen Textil wieder Lebensfreude und Zuversicht auf dem Schloss einkehrte. Obwohl die beiden wirklich alles hatten, was man sich auch nur annähernd wünschen konnte, waren sie nie so richtig mit allem und ganz besonderes mit ihrem Lebensinhalt zufrieden. Herr Rotheweg wusste schließlich ganz genau, was der König und die Königin von ihm wollten. Für ihn konnte kein Stück Gold der Welt und ebenso auch kein noch so teures Samtstoff auch nur das bezahlbar machen, was er für die Herrscher des Landes geben sollte. Vielmehr waren seine Worte und Gedanken so klar und eindeutig: Werte Königin, werter König, bei aller Würde und Respekt, aber Glück und Zufriedenheit kann ich Ihnen mit meinen Stoffen leider nicht verkaufen. Ebenso ist es für mich absolut unwichtig, dass Sie Ihre Schätze und Ihr Vermögen dafür geben würden. Auch das macht mit Verlaub, nicht glücklich im Leben. Einzig und allein die persönlichen Erfahrungen, Erlebnisse und Erinnerungen bringen im Leben das gewünschte Gefühl, dort angekommen zu sein und sich darin wohl zu fühlen. Ich darf Ihnen sehr gerne etwas zeigen. Sehen Sie sich das bitte in Ruhe an: Das ist eine Decke, die mit unterschiedlichsten Stoffen, verschiedensten Farben, allerlei Mustern und Fäden zusammengenäht ist. Manche Stellen sind leicht zerrissen, manche vielleicht nicht ganz sauber und manche sehen eventuell auch nicht schön aus. Eines ist bei der Decke aber klar: Gerade die Unvollkommenheit, aber auch die Einmaligkeit machen diese Decke zu etwas ganz besonderem. Sehen Sie selbst, denn das ist ein äußeres Symbol einer meiner Lebenssituationen. Mag der Weg manchmal noch so beschwerlich gewesen sein, so ist es ein Teil meines gesamten Lebenswerkes geworden. Leben Sie wohl und denken Sie dabei nicht nur an ihrer eigenen Wünsche. Das ist eines der tiefsten Geheimnisse des Lebens, das immer wieder aufs Neue erforscht und entdeckt werden will."

Mit diesen Worten verließen die Königin Trübsinn und der König Schwermut unverrichteter Dinge wieder das Geschäft von Herrn Rotheweg. Bereits kurze Zeit später änderte sich in ihrem Reich einiges. Die Bewohner wurden von Mal zu Mal glücklicher und freundlicher. Es kann auch im Königshaus selbst an, wo aus Trübsinn und Schwermut plötzlich Hoffnung und Zuversicht wurden. Was hier genau geschehen war mag vielleicht für immer ein Geheimnis bleiben, aber die Worte des Stoffhändlers haben wohl die Königin und den König zu einem kompletten Umdenken in ihrer Lebensweise bewegt.

Nach dieser Geschichte von Herrn Vollmondregenbogen herrschte kurze Zeit andächtige Stille. Alle beobachteten das muntere Flackern des Lagerfeuers und beobachteten, wie sich die eine oder andere Glut leise in den Nachthimmel verabschiedete.

Der Geschichtenerzähler setzte nach dieser Pause seine Reise in die unterschiedlichen Gedankenwelten fort.

„Wusstet ihr schon, dass es einen geheimen Ort auf der Welt gibt, den bisher nur ganz wenige Menschen gesehen haben? Von diesen möchte ich euch nun sehr gerne in meiner nächsten kurzen Legende berichten. Alles ereignete sich an einem kleinen Strand, von dem man wunderbar die Weite des Ozeans erblicken konnte. Vor vielen 100 Jahren trafen sich dort die Menschen eines Dorfes, das sich direkt an dieser herrlichen Gegend anschloss. Einmal zum Wechsel der Jahreszeiten in die dunkle und kühle Phase trafen sie dort einen sehr klugen, alten Mann. So richtig erkennen konnte man meist nur seinen Umriss und Überlieferungen behaupten, dass noch nie jemand diese Person auch nur annähernd richtig gesehen hat. Auch sein Name war keinem so genau bekannt, dem selbigen vielmehr wagte man auch nicht im Geringsten nur anzusprechen. Diese seltsame Person brachte allerdings niemals Unheil oder Unglück, sondern stets Botschaften oder Gedanken, die den Menschen gut taten.

In diesem Jahr sollte es um die Frage nach dem Hier und Jetzt gehen. So sprach der Mann schon sehr wohl und weise: Liebe Anwesende, ich hoffe, ihr seid alle mit vollen Gedanken da und schweift nicht irgendwo in der Vergangenheit oder eurer noch unbekannten Zukunft. Nein, ich hoffe, dass ihr alle zu 100 % bei mir seid und meinen wenigen Worten lauschen könnt. Ich möchte euch nur sagen, dass sich euer Leben immer nur im Hier und Jetzt abspielt. Sowohl die Vergangenheit, als auch die Zukunft sind trotzdem ein fester Bestandteil im Leben, aber konzentriert euch am besten immer genau auf das, was ihr im Augenblick macht oder erlebt. Wenn nur auf die Zukunft wartet, verpasst vielleicht die schönsten Momente. Wenn nur an die Vergangenheit denkt, der wird nie im gegenwärtigen Dasein ankommen. Sammelt eure Kräfte und Gedanken und teilt sie euch immer sehr gut ein. Im Vertrauen und in der Zuversicht wird euch auch die schwierigste Situation gelingen. Passt gut auf euch auf."

Mit diesen Worten endete die kleine Ansprache des Mannes und am Strand herrschte ein angenehmes Schweigen. Jeder der Menschen, der sich an diesem Abend eingefunden hat, hatte auch gleichzeitig eine Kerze dabei. Da die Dunkelheit mittlerweile hereingebrochen war, zündeten sie alle eine Kerze an und wenn man das Bild aus der Ferne betrachtete, so sah man ein dichtes Lichtermeer von unzähligen Sternen.

Herr Vollmondregenbogen beendete diese kurze Legende und blickte auf die aufmerksame Runde der Zuhörer, die sich alle sehr wohl am Lagerfeuer fühlten.

Mitti und Unki hielten ihr Zauberbuch und die Zauberfeder fest in ihren Händen und begannen Herrn Vollmondregenbogen etwas zu fragen.

„Lieber Freund, schau mal hier. Wir haben diese beiden einmaligen Schreibsachen in unserem letzten Urlaub bekommen und seitdem schon ein paar schöne Wunscherlebnisse gehabt. Kannst du uns bitte erklären, wie es zu solchen fantastischen Möglichkeiten kommen kann, dass man sich in Geschichten schreiben darf?"

Herr Vollmondregenbogen betrachtete die beiden Schreibutensilien einige Zeit ganz genau und mit allergrößter Aufmerksamkeit.

„Nun gut, sowas kenne ich natürlich sehr gut. Lass mich nochmals kurz überlegen.", begann dieser vor sich hin zu murmeln. Willibert Wiesel ließ es sich auch nicht nehmen, um einen kurzen

Kommentar loszuwerden. „Keiner weiß es, ich weiß es! Das ist bestimmt etwas verzaubertes, mit dem man noch ganz andere verrückte Dinge machen kann, als nur Geschichten schreiben und erleben."

Baptist Freihörnchen von und zu Nadelwald kam dazu und sprach „Wahrscheinlich kann man damit auch fliegen oder fahren. Und keiner widerspricht mir jetzt!"

Herr Hansemann und Gertrude Ganzgenau versuchten sich, wie die anderen auch, das Lachen zu verkneifen. Jeder wusste, dass es absolut kein Spaß war, es sich mit Baptist Freihörnchen von und zu Nadelwald auch nur in einer unüberlegten Reaktion zu verscherzen.

„Nun habt euch mal nicht so, liebe Freunde, das Buch hat ganz andere Besonderheiten. Ich zeige euch gleich mal, wovon ich spreche.", setzte Herr Vollmondregenbogen seine Überlegungen fort. Nach weiterem Schweigen rückte der Meister mit der Sprache heraus. „Also, liebe Freunde, vielleicht wisst ihr es nicht, weil es ein sehr gut gehütetes Geheimnis ist. Mit diesem Buch könnt ihr euch nicht nur in eine Geschichte wünschen, sondern es ist damit auch möglich, versteckte und fast schon unsichtbare Gegenstände zu finden. Ähnlich wie bei dem Spezialfernrohr von Willibert Wiesel."

Herr Wiesel kratzte sich hinter dem Ohr und setzte noch eins drauf „Was heißt denn da fast unsichtbare Gegenstände finden? Ich finde fast alles, denn keiner weiß es, ich weiß es, mein lieber Freund.", gab dieser als knappe und zugleich freche Antwort und deutete dabei auf das Fernrohr, das rechts neben ihm lag.

Die anderen Gäste lauschten aufmerksam dieser kleinen Diskussion und auch Baptist hielt für diesen Moment einmal inne. „Es gab da eine weitere Legende, die ich euch jetzt erzählen möchte. Danach versteht ihr meine Worte und vielleicht hilft es uns auch, das Buch und den Stift mit einer ganz besonderen Bedeutung zu versehen.", fuhr Herr Vollmondregenbogen fort. Inzwischen wurde das Lagerfeuer etwas kleiner und Carlo della Storio legte Holz nach, damit es zu spätabendlicher Zeit weiterhin angenehm warm war. Zum Abschluss der der langen Nacht der Geschichten gab es frisches Stockbrot, eine wahre Delikatesse, die Carlo zur Krönung des gelungenen Herbstfestes für seine Gäste ausgedacht hat.

„Meine Lieben, denkt doch noch einmal an das Weihnachtsfest zurück. Ich glaube, jeder von uns liebt dieses Fest, da doch immer ein besonderer Glanz und Zauber zu spüren ist. Genau um dieses Fest geht es auch in meiner nächsten kleinen Legende. Wie ihr alle wisst, bekommen die

Heiligen aus dem Morgenland den Weg zur Krippe durch einen ganz besonderen Stern gezeigt. Man sagt ja auch, dass dieser Stern über Bethlehem ihnen genau ihre Route weißt. Was bisher kaum einer wusste, ist, dass der Stern auch einen Namen hat. In der Legende nennen sie ihn alle Luftiblom. Woher genau diese Bezeichnung kommt, darüber machen sich die Professoren und Forscher seit vielen Jahren ihre Gedanken. Aber nun zurück zum Stern Luftiblom. Als das Weihnachtsfest vorbei war und überall auf der Welt die frohe Botschaft von der Geburt Christi verkündet wurde, da zerteilte sich dieser wirklich einmalige riesige Stern in ein paar einzelne, kleinere Sterne. Wenn ihr euch fragt, warum das der Fall ist, dann gibt es darauf eine ganz klare und einfache Antwort: Die Botschaft der Heiligen Nacht sollte wirklich überall auf der Welt ankommt, dabei halfen die einzelnen Sterne von Luftiblom. Wie es aber im Leben so ist, haben die Menschen leider diese frohe Botschaft aus ihrem Bewusstsein und Denken verbannt. Genau diese Gelegenheiten wurden von einem Bösewicht dazu verwendet, die einzelnen Sterne zu entführen, sodass der Glanz des Weihnachtsfestes verschwunden ist."
„Willst du damit etwa sagen, dass die Botschaft und der Glanz des Weihnachtsfestes vollkommen

weg war und gar nicht mehr da ist?", wollte der Meisterdetektiv wissen.

Herr Vollmondregenbogen nickte dieser Frage beipflichtend zu und wurde mit einem Mal vollkommen ruhig. Ein wenig später setzte er seine Erzählungen fort: „Jetzt sind wir nochmals bei dem besonderen Buch und einzigartigen Feder, die Unki und Mitti bei sich tragen. Ich habe eine geheimnisvolle Überlieferung, die genau diesen Augenblick beschreibt, an dem die beiden Schreibsachen auftauchen. Ich denke, dass ich euch dazu etwas zeigen muss.", fuhr Meister Vollmondregenbogen fort. Die Gäste, schauten gebannt auf den Geschichtenerzähler. Selbst Carlo della Storio wusste nichts hinzuzufügen und Willibert Wiesel notierte sich Details eifrig mit. Herr Vollmondregenbogen verschwand für eine kurze Zeit und tauchte mit einer kleinen, braunen Holzschachtel wieder auf. „Das meine Freunde, habe ich seit langer Zeit gut in meinem Gepäck aufbewahrt. Jetzt ist der Moment, an dem ich es zusammen mit euch öffne." Nach wie vor konnte man nur das Knistern des Lagerfeuers hören und die Spannung stieg ins unermessliche. Selbst Baptist Freihörnchen von und zu Nadelwald wurde total ruhig schaute mit großen Augen auf die Schatulle.

Herr Vollmondregenbogen öffnete behutsam das Kästchen und es war ein buntes und pulsierendes Licht aus dem Inneren zu entdecken. Hinzu kam dass eine sehr liebliche und wohlklingende Melodie zu hören war. Es war zwar nicht gerade laut, aber der Klang zog alle Gäste vollkommen in seinen Bann. Die Musik hörte sich ein bisschen wie melodischer Regentropfentanz auf dem Dachfenster an. Aber dann erinnerte es doch gleichzeitig an einen herrlichen Klang von singenden Frühlingsvögeln, gerade wenn die Sonne den neuen Tag begrüßte. Eine gefühlte Ewigkeit verging und keiner konnte seinen Augen und Ohren richtig von dieser Schatulle lassen.

Schließlich unterbrach Willibert Wiesel dieses Schauspiel: „Keiner weiß es! Ich weiß es! Meine lieben Freunde, ich denke, dass uns dieses Kästchen eine ganz besondere Hilfe sein wird, wenn wir uns auf die Suche nach dem verlorenen kleinen Weihnachtsstern machen werden."

Der Zauberer Zirini sprach kurz darauf: „Du hast vollkommen recht, mein treuer Freund. In meiner Zauberausbildung..." Während Zirini weiter sprach, dachten Unki und Mitti nur: „Ja, ja der und seine Zaubererausbildung. Die alte Leier kennen wir schon zu gut!"

„Was meint ihr?", fragte Zirini ganz entsetzt nach. „Nichts, nichts! Du was gerade bei deiner Zaubererausbildung."

„Eh, ja, genau. Was ich sagen wollte: Also, schon in meiner Zaubererausbildung habe ich gelernt, dass meist die kleinen Gegenstände eine große Wirkung haben. Daher kenne ich auch einen Zauberspruch, mit dem man in genau so etwas reinkommen und auch wieder herauskommen kann. Am besten, zeige ich euch das einmal."

Noch bevor einer der Gäste auch nur eine Silbe sagen konnte, hörte man nur noch leises Murmeln von Zirini und weg war er. Alle schauten wie versteinert auf die Spieluhr, in der eben gerade ihr Freund verschwunden war. Dieser stand wenige Sekunden später in einem zunächst noch vollkommen dunklen Raum. Nichts, aber auch nichts gab dem Zauberer einen Anhaltspunkt, wo er sich nun genau aufhält. Zirini ist aber nicht Zirini, wenn er nicht Mut und Neugierde gleichzeitig aufbringen würde. Also machte sich diese auf, um versuchsweise ein paar Schritte in der vollkommenen Dunkelheit zu gehen.

„Was für ein Glück, dass Zauberer eine so gute Nase haben, um sich auch in vollkommen undurchsichtigen Situationen neuorientieren zu können.", dachte er vor sich hin und bemerkte aus nicht allzu weiter Entfernung, dass es einen

Lichtschimmer gab. Ein kluger erfahrener Zauberer wie Zirini war vor keiner Überraschung gefeit und so kam es, dass er nach weiteren Schritten plötzlich in einem Bereich stand, in dem unzählige Teelichter aufgebaut waren. Ganz aus der Ferne hörte der Zauberer bekannte Weihnachtslieder. Doch so ganz klar war im immer noch nicht, wo es sich nun befand. Einen Augenblick verweilte er in dieser unheimlichen Atmosphäre, bis ihn schließlich der intensive und süßliche Geruch von gebrannten Mandeln um die Nase kam. Zudem konnte Zirini eine Durchsage oder Ansprache hören.

„Meine lieben Freunde, ich, der Bürgermeister von Kuriosistan, begrüße euch alle ganz herzlich zur Eröffnung unseres Weihnachtsmarktes. Es freut mich ganz besonders das......"

Zirini wartete diesen Satz gar nicht mehr weiter ab, sondern folgte zielstrebig seinen Weg in Richtung der Worte, bis er vor einer großen Glasscheibe stand, um einen Blick auf das Geschehen zu bekommen.

Aus einer anderen Ecke hörte der Zauberer plötzlich eine weitere Stimme: „Hallo, na endlich kommt jemand und holt mich hier raus!" Der Zauberer wusste gar nicht, wo er zuerst hingehen oder hinhören sollte. Wieso immer packte Zirini seine unermessliche Neugier und er lief ganz behutsam durch den Raum in Richtung der eben gehörten Stimme.

„Hier bin ich. Komm doch mal näher! Nur noch ein kleines Stück, aber sei bitte vorsichtig.", erklang es erneut. In diesem Augenblick stieg dem Zaubermeister ein lieblicher, würziger Duft in die Nase. Es war ein bisschen eine Mischung aus Nelke und Orange. Ganz klar, Zirini befand sich dank eines Zeitsprungs durch die Spieluhr in der Vorweihnachtszeit. Mit einem Male wurde es heller, denn ein kleiner Stern leuchtete in einem warmen Orangeton. Zirini rieb sich seine Augen, denn er konnte es kaum glauben, was da vor ihm stand. Von draußen hörte man immer mehr Menschenstimmen und weihnachtliche Musik. Scheinbar war der Weihnachtsmarkt bereits im vollen Gange.

„Du musst dich nicht wundern oder gar glauben, dass dir die Sinne fehlen.", hörte der Zauberer die freundliche Stimme sprechen. Vor ihm stand jetzt ein geschmückter Weihnachtsbaum, der liebevoll mit kleinen Holzanhängern und Glaskugeln versehen war. Um das Bäumchen herum gab es eine durcheinandergewirbelte Lichterkette.

Der Zauberer war über Jahrhunderte einiges gewohnt, einen sprechenden Weihnachtsbaum hatte er beim besten Willen noch nicht gesehen. Nach leichten Zögern begann der Zauberer dann auch ein kleines Gespräch. „Warum bist du hier so alleine und verlassen auf weiter Flur? Wo sind wir denn hier überhaupt?", wollte Zirini wissen.

„Also, die Geschichte ist ganz einfach und schnell erzählt...," begann der Weihnachtsbaum zu berichten und freute sich dabei so sehr, dass seine Beleuchtung richtig hell wurde und etwas vom Glanz und Schimmer der alten Weihnachtszeit aufkam.

„In diesem Jahr war hier in unserem Städtchen ganz besonders viel Hektik und Stress. Wie jedes Mal um das Weihnachtsfest herum waren die Menschen mit allen möglichen Dingen beschäftigt, nur nicht mit der nötigen Besinnung auf die festliche Zeit. So kam es dann auch, dass man mich glatt vergessen hatte. Geschmückt wurde ich zwar noch, aber das war dann auch schon alles.", berichtete der Baum und der Zauberer hörte ihm aufmerksam zu.

Doch urplötzlich begann der Baum lauthals zu lachen „Hehe, hehe. Oh, wie das kitzelt.", brachte dieser nur bruchstückhaft heraus. Sein Lachen war auf einmal so ansteckend, dass auch der Zauberer mit ihm lachte.

Das war schon ein sehr merkwürdiges Bild: Ein lachender Weihnachtsbaum und ein ebenso urplötzlich lachender Zauberer. Doch was war passiert?

Wenige Augenblicke später tauchte wie aus dem Nichts ein Bekannter auf. Die Rede war von keinem anderen als von Baptist Freihörnchen von und zu Nadelwald.

„Baptist. Was zum Zaubermeister hast du denn hier verloren? Wie hast du den Weg hierher geschafft?", fragte der Zauberer ganz entsetzt. Doch unser Freihörnchen hat sich beim besten Willen nicht davon beeindrucken lassen. Mittlerweile hüpfte das Eichhörnchen munter auf und ab auf dem Weihnachtsbaum, so dass dieser gekitzelt wurde.

„Das heißt Baptist Freihörnchen von und zu Nadelwald, werter Herr Zirini.", verbesserte Baptist zum 1000. Mal den Zauber. Doch bevor sich beide weiter in die Endlosdebatte begeben konnten, unterbrach sie der Weihnachtsbaum: „Liebe Freunde, wer will sich in der Weihnachtszeit schon auf eine solche Diskussion einlassen? Anderes ist viel wichtiger."

„Richtig!", erwiderte der Zauberer. „Ich bin hier, weil ich auf der Suche nach dem verlorenen Weihnachtsstern bin, damit auch dieses Jahr das Heilige Fest stattfinden kann."

Baptist hat sich mittlerweile beruhigt und sich brav auf die Weihnachtsbaumspitze gesetzt. Von dort aus lächelte er mit einem breiten Grinsen. „Ich glaube, ich habe eine Idee: Ihr müsst über den Weihnachtsmarkt laufen, um auf der gegenüberliegenden Seite zum alten Buchladen zu gelangen. Darin arbeitet ein kluger Mann, von dem man sagt, dass er ein geheimes Archiv hat, mit dem man so gut wie auf alle Fragen eine Antwort bekommt. Selbst der Meisterdetektiv Willibert Wiesel sollte diese Möglichkeit nutzen, obwohl er denkt, dass er alles weiß."

„Worauf warten wir noch?", forderte Zirini seinen Begleiter auf und begann den Türöffner zu betätigen, um nach draußen zu kommen. Dabei freute sich der vergessene Weihnachtsbaum über seinen ungeplanten Besuch, dass dieser inzwischen in vollster Pracht erleuchtete, was den Raum etwas Magisches verlieh.

Wenige Augenblicke später standen Baptist und Zirini auf dem verschneiten Weihnachtsmarkt. Um Schneenachschub musste man sich keine Gedanken machen, denn es schneite große und sehr dichte Schneeflocken. „Ha, ha, hatschi", machte es nur allzu laut bei Baptist.

„Pst! Nicht zu laut! Wir sind doch in einer geheimen Mission unterwegs und uns darf keiner entdecken.", ermahnte der Zauberer das Eichhörnchen. Doch zu viel mehr konnte dieser nicht sagen, den erneut überkam dem Eichhörnchen ein starker, tiefer Nieser. Dieses Mal war es so herzergreifend, dass es eine kleine

Schneelawine von der Straßenlaterne gab, unter der sich beide aufhielten.

Der Zauberer musste sich zusammenreißen, denn bei diesem Anblick konnte man kaum etwas anderes, als herzhaft lachen. Das komplette Eichhörnchen war von oben bis unten mit Schnee überdeckt. „Denk nicht daran, nicht einmal im Ansatz. Wehe, wenn du jetzt auch nur eine Sekunde lachst!", tobte und motzte Baptist vor sich hin und versuchte sich aus dem Schnee zu befreien. Zirini wunderte es, dass die vorübergehenden Menschen nichts von alledem mitbekommen haben. Sie erweckten geradezu den Eindruck, dass sie das Eichhörnchen und ihn gar nicht sehen konnten.

Die Beiden liefen auf dem Weihnachtsmarkt weiter und es roch nach leckeren Mandeln, Glühwein und weihnachtlichen Gewürzen. Zirini staunte bei ihrem Rundgang immer mehr, denn man konnte auch keine Spuren von ihrem Laufen im Schnee entdecken. Seine Vermutung war also bestätigt, dass sie wohl für alle anderen unsichtbar waren.

„Herr Freihörnchen von und zu Nadelwald, wo sind Sie denn nun schon wieder?", rief der Zauberer. Ein Freihörnchen war nicht ein Freihörnchen, wenn es diese Gelegenheit nicht ausnutzen würde. Baptist war in einem der riesigen Stände verschwunden, um sich dort nach

Lust und Laune durch das frische Nuss Büfett zu essen. Naschen gehörte bekanntlich zu seinen Lieblingsbeschäftigungen. Aber nicht nur das, sondern auch die Tatsache, dass unser Eichhörnchen anderen Personen Streiche spielte kam heute wieder besonders zum Tragen. Baptist kitzelte jeden Besucher des Weihnachtsmarktes so gut er nur konnte.

„Was ist denn nun, werter Herr Baptist?", rief der Zaubermeister, als dieser vor dem besagten Buchladen stand. Doch nichts war von dem Eichhörnchen zu bemerken. Der Zauberer wurde immer aufgeregter und nervöser. Es war geradezu spannend wie in den Stunden vor der Bescherung am Heiligen Abend.

Der Buchladen auf der gegenüberliegenden Seite des Marktes war etwas ganz Besonderes. Die beiden hellbraun gestrichenen Schaufenster waren von einer Girlande aus Lichtern und Glaskugeln in roter und silberner Farbe geschmückt. In den Fenstern gab es allerlei liebevoll dekorierte Gegenstände, Bücher, Tees Karten und Geschenkpapier zu bestaunen, die auf das bevorstehende Weihnachtsfest einstimmten. Es war eine wahre Pracht für die Augen und lud gleichzeitig ein, diesem originellen Geschäft einen Besuch abzustatten.

„Ich bin doch schon da, lieber Herr Zauberer. Hier hinter dir auf der obersten Treppenstufe.", sprach es plötzlich wie aus heiterem Himmel. Zirini war wohl von der nicht allzu weit entfernten Musik so beeindruckt und auch von den Schönheiten fasziniert, dass dieser Baptist gar nicht wahrnahm. Etwas grummelig sagte er nur: „Ach so, dann lass uns mal reingehen. Wir dürfen keine Zeit mehr verlieren. Der Heilige Abend steht fast vor der Tür und was ist das Fest ohne den Weihnachtsstern?"

Trotz der Zeitnot lag auf einmal eine andächtige Stille in der Luft. Zirini schien an der Lösung seines Problems zu sein und somit hat sich sein Abtauchen in die Spieluhr sehr gelohnt. Ein kleines Glöckchen, wie man es vom Weihnachtsabend kannte, ertönte, als sie die Ladentüre zum Buchladen öffneten. Sofort roch es nach warmen Kerzen, einen Hauch frischer Äpfel und Orangen hing ebenso in der Luft. Zudem konnte man das Ticken einer Riesenstanduhr vernehmen, die einen nicht geringen Platz im Raum einnahm.

„Wenn ich doch nur einmal alle meine Wünsche und Träume so leben könnte, wie ich wollte", waren die Worte, die gerade nicht zu diesem Augenblick passten, aber Zirini über die Lippen kamen.

„Das kannst du immer, denn du musst es nur für dich möglich machen. Macht die Zukunft zu deiner Gegenwart." Aus irgendeiner Stelle in diesem Raum kam diese unerwartete Antwort, doch der Zauberer konnte nicht gleich erahnen, woher sie kamen. War es das Freihörnchen Baptist? Nein, die Worte kamen von einer anderen Person bzw. anderen Stelle.

„Und na wer bist du denn? Stopp! Ich weiß es: Sie sind ein ganz seltenes Freihörnchen von und zu Nadelwald. Welche Ehre, Sie hier in meinem Geschäft begrüßen zu dürfen.", sprach ein älterer Mann, der wie aus dem Nichts plötzlich anwesend war.

„Endlich einmal einer, der mich versteht.", bestätigt Baptist die Worte und fühlte sich gleichzeitig zutiefst geehrt. Zirini konnte sich in dem Buchladen weiterhin gar nicht satt sehen. Neben all den liebevoll präsentierten Büchern gab es das eine oder andere ausgefallene Objekt zu bestaunen. Schließlich begrüßte der Zauberer auch den Buchhändler ganz herzlich und erzählte ihm vom verlorenen Weihnachtsstern. Der alte Mann, dessen Namen auch in der heutigen Überlieferung unbekannt blieb, hatte zum Glück eine ganz konkrete Antwort. Zirini und sein Begleiter Baptist lauschten seinen Worten:

„Vom Schicksal des Weihnachtssterns habe ich auch schon gehört. In den vergangenen Jahren haben sich in der Reihe „Geschichten zum Weiterdenken" immer wieder kleine Hinweise versteckt, wo sich die Teile des Sternes befinden.

Folgt mir bitte, denn ich habe für euch etwas, was euch bei der Suche nach den möglichen Buchseiten und den damit verbundenen Sternteilen behilflich sein wird."

Hinter der Verkaufstheke im Laden des alten Mannes befand sich ein kleiner Bereich, der durch einen Vorhang verdeckt war. Was dahinter war, war den ersten Blick wenig spektakulär: Langsam schob er den Stoff beiseite und zum Vorschein kam eine normale Leiter, wie man sie vom Haus oder Gartengebrauch gut kannte. Der Buchhändler hatte kaum eine weitere Möglichkeit, noch etwas zu sagen, da die Leiter mitsamt dem Zauberer und dem Freihörnchen mit einem Mal wie von Geisterhand wieder verschwand. Sekunden später fanden sich Baptist und Zirini wieder außerhalb der Spieluhr am Lagerfeuer zusammen mit ihren Freunden. Sie berichteten von ihren Erlebnissen und sie erzählten auch davon, dass sie diese Leiter als Antwort auf die Suche nach dem verlorenen Weihnachten bekommen haben. Für ein paar Minuten blieb die Zeit stehen und alle waren gespannt darauf, wie sich wohl das anfühlen wird, wenn man mit der Zeit in bereits geschriebene Bücher geht, um mit einer Leiter nach verlorenen Seiten sucht, damit der Weihnachtsstern weiter existierte.

„Alles ganz schön kurios und fast schon unglaublich", sprach Mitti so vor sich hin. Unki pflichtete selbstsicher bei, dass man sich ganz fest in die früheren Geschichten eindenken müsse, um dorthin zu gelangen. Erinnern wir uns also noch einmal etwas genauer: Das berühmte Rezeptbuch von Lunelli Lebkuchen und Zetha Zimtstern aus der Lebkuchengasse war in der Vorweihnachtszeit verschwunden. Da sich beide nicht mehr darüber im Klaren waren, wie es zu einem solchen Verschwinden kommen konnte, haben Sie den Meisterdetektiv Willibert Wiesel mit seiner Navigeule Antasi angeheuert, um auf der Suche nach dem Rezeptbuch zu helfen. Mittlerweile sind diese zusammen mit allen anderen sehr gute Freunde geworden, da ihre Mission zum Zauberer Zirini ein voller Erfolg war und das Rezeptbuch wieder gebracht wurde. Während alle mit Herrn Vollmondregenbogen über dieses Erlebnis nachdachten, öffnete sich das liebevoll gestaltete Schreibbuch und die dazugehörige Zauberfeder machte sich bereit für eine neue oder vielleicht auch alte Geschichte.

Noch ehe sich alle versehen konnten, nahm das Abenteuer seinen Lauf. Wie von Geisterhand begleitet verschwanden alle Anwesenden. Einzig die Kuh Elsa und Meister Vollmondregenbogen sowie Carlo della Storio blieben zurück und waren gespannt auf die Wiederkehr ihrer Freunde. Die Zeitzauberfeder zusammen mit dem Zauberbuch hatte die Eigenschaft, vollkommen unkompliziert alle zum Zeitpunkt der Feier des Lebkuchenbuffets bei Zirini am Sonnentempel zu bringen. Natürlich durfte dabei auch die Leiter aus dem nostalgischen Buchladen nicht fehlen. Wie durch eine unsichtbare Wand haben alle Zeitreisenden die Szene mit der kleinen gemeinsamen Feier beim Zauberer nun vor sich. Willibert Wiesel war von der Tatsache ganz beeindruckt: „Keiner weiß es! Ich weiß es! Leute, wir sind gerade in einer Parallelgeschichte angekommen und müssen von hier aus versuchen, möglichst unbemerkt den ersten Teil der Weihnachtssterne zu finden. Wir dürfen nicht in die Geschichte dort eingreifen, sonst verschwindet sie auf Nimmerwiedersehen mit allen Beteiligten. Das wäre eine Katastrophe, denn dann würde es uns und das Weihnachtsfest wohl nicht mehr geben, denn ohne Weihnachtsstern auch kein Fest.", versuchte Willibert Wiesel die Situation zu erläutern. Währenddessen flog die Navigeule wie ein aufgedrehtes Huhn durch die Luft. Die anderen waren ein wenig wie in Hypnose und wussten beim besten Willen nicht so recht, was zu tun ist. Schließlich wie ein Geistesblitz aus heiterem Himmel: „Die Leiter, Freunde! Wir brauchen die Leiter, damit wir in unserer Suche weiterkommen können.", forderte Herr Hansemann alle Mitabenteurer auf.

Doch wie um alles in der Welt sollte die Leiter helfen, um den ersten Teil des Weihnachtssterns zu finden? Unki und Mitti wagten ein sehr mutiges Experiment. Sachte und vor allem leise stellten sie die Leiter an die äußere Umrandung des Sonnentempels.

Gertrude Ganzgenau erklärte sich bereit, auf die Leiter zu steigen, um auf dem Dach des Tempels einen weiteren Aufschluss zu bekommen. „Aber schön langsam und vorsichtig, meine Liebe", forderte Herr Hansemann sie auf und hielt dabei die Leiter besonders fest. Was in diesem Augenblick wirklich kurios war, war die Tatsache, dass das Hilfsmittel wirklich genauso groß war wie der Sonnentempel hoch.

Gertrude Ganzgenau gelang es vollkommen ohne Mühen auf das Dach zu kommen. Auf den ersten Blick sah sie nichts Besonderes, außer einen herrlichen Blick über den riesigen Park von Zauberer Zirini. Beim genauen Betrachten allerdings konnte die Gräfin an einer etwas entlegeneren Ecke etwas Funkelndes entdecken. Vor lauter Freude rief sie: „Freunde! Ich hab da was!". Antasi flog fast zeitgleich ebenfalls auf das Dach und ermahnte Gertrude Ganzgenau „Werte Gräfin, bitte denken Sie an die

ungestörte Situation, die parallel gespielt wird."
Ganz sachte und vorsichtig nahm Gertrude ein
goldenes und glitzerndes Element in die Hände
und begab sich kurzum leise zusammen mit der
Navigeule wieder an die Stelle der angelehnten
Leiter, um zurückzukehren.

Willibert Wiesel und seine Begleiter staunten,
weil sie so etwas Besonderes noch nie gesehen
haben. Einen ersten Teil des vermissten
Weihnachtssternes haben sie gefunden.

Unki und Mitti nahmen dazu ihr Zauberbuch
zusammen mit der Zauberfeder und dachten sich
mit ihren Freunden am Rande der eigentlichen
Geschichte am Sonnentempel zurück in die
Situation aus dem Vorjahr, nämlich in die
Vorweihnachtszeit in der Lebkuchengasse. Auch
im zweiten Teil ging es kurze Zeit später wie von
Zauberhand im Flug und alle befanden sich vor
der Lebküchnerei von Lunelli und Zetha.

Wiederum konnte man die ursprüngliche
Geschichte wie von einer unsichtbaren Wand
mitverfolgen und alle mussten sich weiterhin still
und unauffällig verhalten, damit sie nicht
entdeckt wurden. Wir erinnern uns vielleicht
noch an den riesigen Weihnachtsbaum, der vor
der Lebküchnerei jedes Jahr aufs Neue
geschmückt wird. Antasi flog voller Freude auf
den Tannenbaum, zumal sie seit den
Ermittlungen auf der Suche nach dem

verlorenen Rezeptbuch schon lange nicht mehr auf diesem Platz war. Durch mehr als einen Zufall brauchte es bei dieser zweiten Aktion keine Spezialleiter mehr. Antasi entdeckte relativ schnell einen zweiten Teil des Weihnachtssterns und flog mit diesen im Schnabel zu Willibert Wiesel und allen Begleitern zurück.

„Du bist und bleibst einfach die allerbeste und zuverlässigste Navigeule, die man sich als Meisterdetektiv überhaupt nur wünschen kann.", lobte Willibert Wiesel Antasi. Als Mitti und Unki zusammen mit Herrn Hansemann und Gertrude Ganzgenau einen Blick in das Zauberbuch warfen, waren diese völlig überrascht und entsetzt zugleich.

„Es ist der 23. Dezember, morgen ist Heiligabend und uns fehlen noch zwei Teile des Weihnachtssterns!", rief Unki mit vollem Elan heraus. Was keiner wusste war die Tatsache, dass in diesen Zauberbuch auf einmal die Zeit schneller vergehen konnte, als man sie eigentlich denkt oder wünscht. Alle versammelten sich also gleich wieder um das Buch und begannen, sich in eine weitere ehemalige Geschichte einzudenken, damit die Zauberfeder sie gerade richtig in die Erlebnisse zurückbringt.

Blitzartig verschwanden alle wieder aus der Lebkuchengasse und befanden sich in der Parkanlage von Schloss Fantasie.

Am späten Nachmittag war es heute ganz besonders kühl. Nicht nur den Raureif konnte man sehen, nein, vielmehr kam der Atem wie eine kleine Rauchwolke bei jeden zum Vorschein. Doch die Kälte machte niemanden etwas aus, denn in einer geheimen und dringenden Mission ist alles andere wichtiger als die kalte Luft. Allerdings lag in der Luft eine herrliche Komposition aus Zimt, Mandeln, Kardamom und Orangen. Aus dem Schloss konnte man leise und sehr festliche Musik vernehmen. Es war an der Zeit des Sonnenuntergangs. Der klare Himmel färbte sich in einem zarten rotorange und ließ den Tag schnell und angenehm ausklingen. Wer sich erinnert: Es war der Vorabend zur großen Weihnachtsfeier in Schloss Fantasie. Doch bevor diese stattfand, musste die nächste Suchaktion erfolgen, um einen weiteren Teil des verlorenen Weihnachtssterns zu finden. Auch hier war die Schwierigkeit, dass keiner mit der eigentlichen Handlung in Berührung kommen durfte, weil es sonst wie bereits mehrfach erwähnt niemals mehr eine solche Geschichte geben sollte.

„Leute, irgendwie kommt mir das Schloss so riesig vor. Schaut mal selbst", bemerkte Zirini voller Neugier und Sorge zugleich. Alle anderen haben ihm das umgehend bestätigen können. Somit gab es ein großes Problem:

Wie sollten sie als Miniatur ins Schloss gelangen und den dritten Teil des Weihnachtssterns finden? „Keiner weiß es! Ich weiß es!", sprach Willibert Wiesel mit einem mal drauf los.

„Lieber Zirini, hattest du nicht einen Zauberspruch, mit dem man sich für kurze Zeit unsichtbar machen und leicht durch die Luft schwebten konnte?", fragte der Meisterdetektiv zugleich hinterher. Doch der Zauberer senkte seinen Kopf und schüttelte: „Durch unsere Zeitreisen habe ich irgendwie meine ganzen Zaubersprüche vergessen. Ich erinnere mich nicht mehr an irgendeinen Spruch, mit dem man auch nur irgendetwas anfangen kann. Ich glaube wenn alles vorbei ist, muss ich den Abschluss noch einmal in der Zauberschule nachholen. Zu dumm aber auch."

Langes Schweigen erfüllte den Raum und hinzu kam die Tatsache, dass es zunehmend dunkler und kälter wurde. Mitti begann laut zu denken: „Vielleicht kann ich mit der Leiter im Zauberbuch zurückblättern, um deine Zauberspruchaufzeichnungen zu holen? So als Gnom ist das durchaus kein Thema oder?"

Keiner der Anwesenden wusste so recht eine andere Lösung und so kam es, wie es kommen musste. Unki öffnete das Zauberbuch auf einer weiteren leeren Seite und legte die Zeitfeder mit der Leiter bereit.

„Pass auf dich auf und beeile dich, denn morgen ist Weihnachten und wir brauchen den Weihnachtsstern komplett. Außerdem darfst du nicht zu viel erleben, denn unser Buch hat schon ganz viele volle Seiten und ist bald komplett vollgeschrieben!", ermahnte ihn Unki voller Fürsorge.

Mitti konnte gerade noch die letzten Worte wahrnehmen und verschwand mitsamt der Leiter im Buch. Zurück blieben seine Freunde, die sehr gespannt weiterhin in der Nähe des Schlosses Fantasie warteten. Mittlerweile wurde es finsterer Abend und man sah das Schloss in weihnachtlicher Beleuchtung erstrahlen. Gefühlt vergingen für alle die nächsten Minuten wie unzählige Stunden. Es kam einem die Zeit wie im Schneckentempo vor, obwohl Mitti nach nur wenigen Augenblicken im Zauberbuch erfolgreich zurückgekehrt ist.

Urplötzlich begann sich das Buch ganz heftig zu bewegen und alle Seiten blätterten wie wild hin und her. Unki und alle ihre Freunde waren sichtlich nervös und nahmen von ihrem wichtigsten Reisebegleiter vorsorglich etwas Abstand. Kurz darauf stand Midi ganz stolz mit dem Zauberspruchbuch von Zirini vor allen.

„Ich hab's gefunden. War gar nicht so schwer, denn in deinem Lavendelladen habe ich mich gut zurecht gefunden, werter Zaubermeister."

Mitti strahlte über beide Ohren und überreichte die Papiere dem Meister. Dieser blätterte und suchte nach dem gewünschten Spruch, damit man unsichtbar durch die Luft schweben konnte, um sicher ins Schloss Fantasie zu gelangen.

Was hätte man von einem Zauber auch anders erwartet, als dass die Suche erfolgreich war. Unki erklärte sich bereit und befand sich wenige Sekunden später in der Luft. Allen Mitreisenden strich ein leichter Wind um die Nasen und Unki war verschwunden.

Im Schloss angekommen, sah sie bereits die festlich gedeckte Tafel, von der wir wissen, dass hier vor ein paar Jahren eine sehr glamouröse Weihnachtsfeier stattgefunden hat. Ach halt, sie wird ja noch stattfinden, denn wir befinden uns in der Vergangenheit oder doch in der Zukunft? Unki fiel es nicht schwer, nach dem nächsten Teil der verschwundenen Weihnachtssterns zu schauen. In einer etwas unüberschaubaren Ecke gab es eine sehr gemütliche Sitzgelegenheit. Ein kleiner Tisch war mit einer weißen Decke versehen. Darauf stand eine große Kerze in einem goldenen Ständer. Daneben war ein weißgräulicher Ohrensessel mit einer Lesebrille und einem Buch. Darunter schaute etwas goldenes und glitzerndes hervor, das ebenfalls wieder den Anschein eines Sterns machte. Unki hatte ein wenig Mühe, das gesuchte Teil aus dem Buch zu befreien, aber dank ihrer hervorragenden Geschicklichkeit war dies kein allzu großes Problem gewesen. Nun hieß es ganz schnell wieder zu ihren Freunden zurückzukehren und noch viel mehr beim Fliegen mit dem sichtbaren Sternenteil nicht aufzufallen. Unki hatte großes Glück, denn die Vorbereitungen für die Weihnachtsfeier im Schloss wurden in einem der Nebenräume vorgenommen und die Ausgangstür in den Park stand nach wie vor offen.

„Jawohl! Wir kommen unserem Ziel immer näher! Jetzt fehlt nur noch das vierte Teil.", jubelten alle im Gleichklang und freuten sich außerordentlich.

„Liebe Freunde, wo mag sich der letzte Teil versteckt halten?", fragte Gertrude Ganzgenau, denn sie wusste genau wie Herr Hansemann nichts von den ehemaligen Geschichten. Die Beiden sind ja auch erst eine Erfindung aus neueren Büchern. „Wenn ich mich recht erinnere", begann Mitti, „dann gab es doch noch einmal einen Buchladen für „Geschichten zum Mitnehmen" in der Rheinstraße. Vielleicht habt ihr schon etwas davon gehört oder habt diese Geschichtensammlung gelesen?", fragte Mitti munter in die Runde.

Doch noch ehe eine der Mitabenteurer etwas sagen konnte, meldete sich das Zauberbuch und die Zauberfeder erneut zu Wort.

Alle begaben sich in eine weiter entfernte Vergangenheit zurück. Sie kamen zu der Zeit an, in der gerade die letzten Arbeiten vor der Eröffnung des Ladens von Frau Mahlstein stattfanden. Geschäftiges Treiben herrschte in dem kleinen Raum, dessen Schaufenster mit einem Vorhang verdeckt war. Die Menschen in dieser Stadt munkelten seit langem, was für eine Art von Geschäft dort einziehen würde. Kurz vor der Eröffnung war es klar und alle waren schon sehr gespannt und neugierig auf die „Geschichten zum Weiterdenken und Mitnehmen".

Vermutlich versteckte sich aber in diesen Laden auch der vierte Teil des verschwundenen Weihnachtssterns. Willibert Wiesel nahm dieses Mal die konkrete Suche auf, konnte aber nicht unsichtbar bleiben. Er hatte den Vorteil, dass er zum Zeitpunkt der Geschichtenidee noch nicht erfunden war. Der Meisterdetektiv verkleidete sich als einer der Handwerker, die fleißig mit der Renovierung des Ladens beschäftigt waren.

Dank der Zeitfeder haben alle dort am Vorabend des Weihnachtsfestes noch etwas Zeit gewonnen. Und es kam, wie es kommen musste. Willibert betrat den Laden und hatte viele Pinsel und einen Farbeimer dabei. Es ist keinem aufgefallen, dass er sich unter sie gemischt hat, denn jeder war mit seinen Aufgaben sehr beschäftigt.

In Kürze sollte das Geschäft von Frau Mahlstein eröffnet werden. Beim Vorbereiten seiner Malerarbeiten entdeckte der Meisterdetektiv schon das, was er suchte: Den vierten Teil des Weihnachtssterns. Eigentlich wollte Willibert gleich wieder den Raum verlassen, hatte aber leider etwas übersehen. „Da bist du ja endlich! Wir haben ewig auf dich gewartet. Du kannst mit dem Streichen anfangen und danach gibt es noch eine ganze Menge weitere Dinge zu erledigen. Ich hoffe, du hast Zeit mitgebracht, denn die Arbeiten im Laden dauern vielleicht bis spät in die Nacht.“, sprach eine bisher unbekannte Person zum Meisterdetektiv. Dieser reagierte nicht weiter darauf, sondern begann gleich mit dem ersten Pinselstrich und gleichzeitig mit scharfem Nachdenken.

„Die Zeit wird dann echt knapp, denn mit unserem Zauberbuch und der Zauberfeder haben wir nicht unendlich Spielraum. Was soll ich denn nun tun? Einfach nur flüchten geht ja nun auch nicht mehr.“

Willibert Wiesel war beim besten Willen kein talentierter Handwerker und jetzt in eine echte Notsituation gekommen. Draußen warteten nicht nur seine Freunde, sondern auch das Weihnachtsfest, das ohne Stern nicht stattfinden würde. Nach einiger Zeit des Wartens vor dem Laden wurden die Mitreisenden unruhig.

Antasi flog wie wild durch die Luft und murmelte vor sich hin: „Das Weihnachtsfest. Mein Meister wird es doch nicht ausfallen lassen. Wo bleibt er denn so lange? Etwas stimmt hier absolut nicht...“

Die anderen hatten keinen Einfall, wie sie den möglicherweise in eine unangenehme Situation geraten Willibert Wiesel helfen konnten. „Mach mich bitte unsichtbar“, bat die Navigeule den Zauberer. Nachdem Zirini seinen Spieker dabei hatte, war es für ihn überhaupt kein Problem. Wenig später war die Navigeule im Geschäft von Frau Mahlstein und sah, wie sich Willibert Wiesel mit dem Renovieren abmühte. Leise flüsterte Antasi: „Großer Meister. Ich sehe, du hast den Stern. Wir müssen los, in wenigen Stunden brauchen wir diesen komplett, denn dann findet das Weihnachtsfest statt.“

Doch dieser war nach wie vor nicht aus dieser misslichen Lage herauszubekommen. Antasi hatte eine Idee: Wie aus heiterem Himmel sprach sie eine Durchsage, obwohl überhaupt hierfür kein Lautsprecher oder Mikrofon vorhanden war:

„Liebe Mitarbeiter, wir bitten Sie um eine Pause. Die künftige Inhaberin wünscht zur Erinnerung an die Renovierungen ein Gruppenbild zu machen von allen, die daran beteiligt sind. Wir treffen uns in ca. fünf Minuten am Brunnen vor dem Rathaus, wenige Meter von hier entfernt. Vielen Dank!"

Ohne weiter darüber nachzudenken sind alle Handwerker aus dem Laden gegangen, um sich am gewünschten Ort einzufinden. Nur Willibert Wiesel nutzte die Chance, dass er sich leise von der Baustelle entfernte. Der Zauberer Zirini hatte sich als Pressefotograf verkleidet, um die Beteiligten der Renovierung am Brunnen zu fotografieren. Was dabei keiner wusste war die Tatsache, dass man durch das Blitzlicht sich an nichts mehr erinnern konnte, schon gar nicht mehr an die Zeitreisenden und Willibert Wiesel, die nun wieder in Ruhe ihren Rückweg antreten konnten.

Das Geschäft in der Rheinstraße wurde rechtzeitig fertig gestellt und war lange Zeit ein echter Anziehungspunkt für Menschen aus Nah und Fern.

Der Meisterdetektiv ging zusammen mit seinen Freunden zurück zu Herrn Vollmondregenbogen und Carlo della Stori. Zum Glück waren alle vier Teile des verschwundenen Weihnachtssterns aufgetaucht und es wurde Zeit, dass diese zusammengebaut wurden. Alle halfen zusammen und haben es gemeinsam binnen kurzer Zeit geschafft, den Stern wieder vollständig herzustellen. Schließlich kam der 24. Dezember und nun musste der Stern an seinen

Bestimmungsort gebracht werden. Allerdings brauchte dieser ein bisschen Anschub, denn die Zeit seines Verschwindens hat ihn träge gemacht. So kurios es jetzt klingen mag, aber die mysteriöse Leiter und ganz besonders die Kuh Elsa sorgten dafür, dass das Weihnachtsfest rechtzeitig begann. Unsere Elsa nahm den Stern auf ihren Rücken und ging mit der Leiter ein Stück dem Himmel entgegen, was für sie kein Problem darstellte. Die Navigeule begleitete sie und verhalf dem Stern zu einem guten und sicheren Start in die Lüfte. Am Heiligabend verkündete der Weihnachtsstern zum Glück rechtzeitig die frohe Botschaft von Weihnachten überall auf der Welt.

Mit diesem Erlebnis endete zugleich der lange Aufenthalt von Willibert Wiesel mit seiner Navigeule. Ebenso begaben sich Mitti, Unki mit ihrem Mogli und auch die übrigen Abenteurer zurück nach Hause. Einzig allein Baptist Freihörnchen von und zu Nadelwald hatte nach den aufregenden Augenblicken ein weiteres sehr entscheidendes Erlebnis. Eines Tages wollte sich dieser zurück in seinen Baum begeben, als er urplötzlich eine Bekanntschaft machte, die sein Leben von jetzt auf gleich vollkommen auf den Kopf stellte.

Im Dickicht des Waldes war sie nicht zu übersehen. Mit ihrem knallroten Fell und ihrem buschigen Schwanz saß sie da und ließ Baptist die Sprache verschlagen. Zuerst konnte er es gar nicht richtig glauben, dann aber fasste er sich ein Herz und sprach seine neue Bekanntschaft an. „Ihr müsst euch nicht verstecken. Ich beiße nicht und außerdem habe ich gerade nichts anderes vor. Vielleicht habt ihr die Güte, mir ein wenig Gesellschaft zu leisten? Ist ziemlich langweilig inmitten des Waldes. Freut mich eure Bekanntschaft zu machen.", sprach das Eichhörnchen in liebevollen Worten und hat dabei seine großen, braunen Augen weit geöffnet. Er spürte, wie sein kleines Herz pochte und es am ganzen Körper langsam zu kribbeln begann.

„Wenn Ihr meiner Einladung nicht folgen wollt, dann möchte ich euch nicht aufhalten.", setzte das Eichhörnchen weiter fort. Kurzum: Nach ein paar weiteren Minuten des Schweigens und Zögern fasste sich Baptist ein Herz und den notwendigen Mut, um sich direkt neben dem Eichhörnchen niederzulassen.

„Gestatten: Baptist Freihörnchen von und zu Nadelwald. Freut mich Ihre Bekanntschaft zu machen.", sprach dieser noch sehr leise und vorsichtig vor sich hin. „Die Freude ist ganz meines. Gestatten: Monique Claire und neu hier im Wald." Dabei streckte sie Baptist eine kleine Haselnuss als Willkommensgruß entgegen.

Dieser war ziemlich nervös und schusselig, so dass er die Nuss gleich wieder verlor und sie auf den Waldboden fiel. Wie es der Zufall so wollte, gingen beide auf dem gleichen Weg nach unten und berührten sich dabei. Sowohl für Baptist, als auch für Monique war dieser Moment der Beginn einer unendlichen langen gemeinsamen Lebensgeschichte, von der wir sicherlich bei Gelegenheit mehr erfahren.

Alle Freunde haben sich wieder in ihrem Zuhause eingefunden und schließlich selbst das Weihnachtsfest gefeiert. Die Tage vergingen wie im Flug und auch in der Lebkuchengasse war wie im Vorjahr hektisches und geschäftiges Treiben auf der Tagesordnung. Mitti, Unki und Mogli zogen sich in ihr Haus zurück und begannen den Tag vor dem Jahreswechsel mit Vorbereitungen für ihre Silvesterfeier. Unki war gerade dabei leckere Überraschungen zu zaubern, während Midi sich einmal mehr mit dem Zauberbuch und der Zeitfeder aus ihrem Sommerurlaub befasste. Mittlerweile waren die Seiten schon sehr gut gefühlt, da es doch das eine oder andere Erlebnis in den vergangenen Monaten gab.

Es waren inzwischen die letzten Stunden des letzten Tages im Jahr angebrochen. Bei relativ kühler Luft schien die Sonne bei blauem Himmel munter vor sich hin und wollte mit bester Laune das alte Jahr verabschieden.

Beim Blick aus dem Balkonfenster ließ er seine Gedanken schweifen. Mogli hatte sich zu seinen wohlverdienten und ausgiebigen Schlaf zur Ruhe gelegt, während Unki weiter in der Küche fleißig werkelte.

Mitti wäre um ein Haar eingeschlafen, wenn es da nicht aus heiterem Himmel eine leise Stimme gegeben hätte. „Hallo, hört mich niemand?", konnte Mitti im Schlummermodus gerade noch vernehmen. „Schatzi, schaust du mal bitte, war da jemand vor der Tür?", war die einzige Antwort, die er darauf gab.

Unki war mit ihren Silvestervorbereitungen beschäftigt, dass es keine Reaktion von ihr gab. „Wer ist denn schon vor der Tür?", brummte es in einem lauten Ton von dem müden Mitti. Zunächst war absolut nicht zu sehen, dann warf er einen ausführlichen Blick in das Zauberbuch, das auf einer leeren Seite aufgeschlagen war.

Zunächst traute er seinen Augen nicht und zwickte sich leicht am linken Oberarm, aber es bestand kein Zweifel. Auf dieser Buchseite winkte ihm ein winziger Zwerg entgegen. Eine grüne Zipfelmütze, schwarz-weiß karierte Hose und rotes Hemd waren nicht zu übersehen.

„Endlich hast du mich entdeckt. Ich lebe schon eine ganze Weile in diesem Buch. Ende des Jahres ist es mein großer Auftritt und heute ist Silvester.", sprach der Zwerg.

„Ja, ja, heute ist der 31. Dezember.", antwortete Mitti zurück. „Mit wem redest du da?", kam es aus der Küche. Unki war zwar wirklich sehr beschäftigt, hat aber Verdacht geschöpft, dass etwas Ungewöhnliches im Wohnzimmer passierte. Mitti ging nicht weiter auf die Frage ein, sondern hörte mit großem Interesse dem kleinen Zwerg zu. Dieser hatte noch einiges zu erzählen.

„Also, mein Lieber, höre bitte mal genau zu. Ich bin kein gewöhnlicher Zwerg, sondern der wohl einfachste Wunschzwerg, den man je auf der Welt in Büchern gedruckt, gelesen oder gesehen hat. Überall habe ich in den vergangenen 365 Tagen Zettel und Stifte ausgelegt. Dabei habe ich die Menschen beobachtet, ob und was sie damit gemacht haben. Du wirst es dir kaum vorstellen, aber alles war drin: Vom Wegwerfen bis hin zum Vollschreiben und basteln war alles dabei. Nur die Menschen, die mir mit natürlicher, aufrichtiger Freude das Papier in die Hand genommen haben, die haben den wahren Wert entdecken können. Und nun schau mal, was damit alles passiert ist. Bitte blättere eine Seite weiter.", forderte der Wunschzwerg dem weiterhin verdutzten Mitti auf.

Ohne nachzudenken, blätterte er ein Blatt weiter und entdeckte unzählige, kleine Papiere, so dass man fast nichts anderes mehr wahrnehmen konnte.

„Nun, habe ich zu viel versprochen, mein Freund?", fragte es direkt neben ihm. Mitti war nicht wenig darüber erstaunt, dass er sich nun wieder mitten im Zauberbuch befand.

„Das sind alles Wünsche, die die Menschen aufgeschrieben haben. Alles, was sie für das neue Jahr gerne festgehalten hätten. Dort gibt es aber ein konkretes Problem: Ich habe den Überblick verloren. Das Wichtigste ist aber, dass alles zu seiner Ordnung kommt. Die Wünsche und Ziele sollen ja auch in Erfüllung gehen.", erklärte der Zwerg weiter.

Nach einem weiteren hin und her wurde schnell klar, dass der Wunschzwerg auf die Hilfe von Mitti dringend angewiesen war. Mit vereinten Kräften gelang es beiden, eine klare Struktur in die Zettel zu bekommen. Zum Vorschein kam schließlich ein Gedicht zum Jahreswechsel:

Januar vorbei,
ist mir einerlei.
Frühling folgt geschwind,
freut sich nicht nur jedes Kind.
Der Sommer ist da
und der Herbst eben schon, tralilala.
Und im Winter mache ich das,
was mir macht besonders Spaß!

Nein, verschiebe nicht auf morgen,
wenn du es heute kannst besorgen.
Heute ist das neue morgen
und mach dir keine Sorgen.
Du musst keine Zeit dir borgen,
denn sie ist dir geschenkt,
nur alles in die richtige Richtung gelenkt
und bedacht.
Wer auch gelacht!
Das gibt alles seinen Sinn,
du brauchst nur fest glauben darin.
Für das neue Jahr wünsche ich dir und mir
viel Glück, Gesundheit und
Gottes reichen Segen.
Alles möge uns begleiten
auf allen Wegen.
Sind diese manchmal steinig,
dann sind wir uns darin einig:
Wir gehen voran mit
festen Glauben und Zuversicht,
damit nichts von dem zerbricht,
was wir erbauen.
Komm lass uns gelassen
in die Zukunft schauen.
Und freuen Stück für Stück,
das ist das Geheimnis vom ewigen Glück.

Somit konnte der kleine Text durch die Hilfe von Mitti gerettet werden um das neue Jahr in aller Ruhe beginnen.

Das Zauberbuch mit Zauberfeder lagen schon einige Wochen im neuen Jahr auf dem Tisch von Mitti und Unki und nichts ist weiter passiert. Eines Nachmittags, es war einer der Tage, an denen es im tristen und regnerischen Winter schon langsam länger hell wurde, meldete sich eine alte Bekannte zu Wort.

Mitti machte es sich mit einer Tasse heißer Milch gemütlich, während Unki sich ebenfalls gut erholte. Da plötzlich erschien eine neue Geschichte oder zumindest der Anfang in seinem Buch mit folgenden Worten:

„Meine Lieben, ich hoffe, ihr erinnert euch noch an mich. Es ist ja schon sehr lange Zeit her und ihr habt nichts mehr von mir gehört. Ja, genau, ich bin es, eure Frau Mahlstein. Ihr wisst doch noch von dem Laden für „Geschichten zum Mitnehmen", der einmal mir gehörte. Später war dann auch noch die Suche nach den verlorenen Büchern „Süßigkeiten zum Lesen", bei der ihr mir so fleißig geholfen habt. Nun, jetzt habe ich in meinem Ruhestand glatt wieder eine neue Aufgabe und brauche eure Unterstützung.", stand in den wenigen Zeilen geschrieben.

Mitti las diese und dachte sich nichts weiter dabei, aber dennoch weckten die Worte Neugier bei ihm, die er seiner Frau sehr gerne mitteilen wollte. Kurz darauf berieten sich beide, was zu tun ist und welche Art von Hilfe sie nun genau haben wollte.

„Ganz einfach. Wir setzen die Zeitzauberfeder wieder an und verschwinden zu ihr, um alles genau zu erfahren." Draußen regnete es Bindfäden, es herrschte ein kühler Wind und der Himmel hatte seit Tagen nur noch ein Einheitsgrau. Es war der richtige Zeitpunkt für neues Abenteuer. Wenige Augenblicke später brachte die Zeitzauberfeder die Beiden und ihren treuen Begleiter Mogli. auf eine kleine Anhöhe, dem sich ein Feldweg anschloss. Mogli eilte dem Weg ein Stück weit voraus, dem Mitti und Unki langsam folgten. In einem kleinen, dichten Wald befand sich ein nostalgisch anmutendes Haus. Auf den ersten Blick sah es aus wie ein Hexenhaus, das nur darauf wartete, von Besuchern vernascht zu werden. Aber nein, dieses Haus war nicht aus Lebkuchen und anderen Süßigkeiten gemacht, wie sich schnell herausstellte. Weitaus spannender war die Tatsache, dass das gesamte Anwesen noch weihnachtlich geschmückt war. An den Fenstern hingen verschiedene Glaskugeln und kleinere Lichterketten. Die drei Entdecker dachten sich nichts weiter dabei und setzten ihren Rundgang um das Häuschen fort.

Auf der Rückseite befand sich eine liebevoll ebenfalls weihnachtlich verzierte Terrasse. „Da seid ihr ja endlich!", konnten die Beiden schon von weitem hören und ehe sie sich versahen, stand auf der Terrasse, wie konnte es anders sein, Frau Mahlstein.

„Kommt doch rein, meine lieben Freunde! Ich habe alles schon vorbereitet. Es gibt ja viel zu erzählen und außerdem....", sprudelte es nur so aus der alten Bekannten heraus.

Unki und Mitti folgten ihr mit Mogli und nahmen die spontane Einladung sehr gerne an. Kurze Zeit später saßen alle an einem gedeckten runden Tisch. In der Mitte flackerten drei rote Katzen munter vor sich hin und auch sonst erleuchtete alles im weihnachtlichen Glanz, so als ob heute der Heiligabend wäre.

Der Duft aus Zimt, Nelken und frischen Orangen umspielte die Nasen der Besucher. Frau Mahlstein hatte einen roten Tee und allerlei Gebäck vorbereitet, während Mogli etwas Wasser bekam. Schließlich setzte sie ihre Erzählung weiter vor: „Also, es ist so: Vor ein paar Monaten hat mitten in der Stadt die letzte Porzellanmanufaktur ihre Pforten geschlossen. Die Menschen wollten nicht mehr die einmaligen Sachen haben und somit ging der Verkauf immer weiter zurück.", begann sie zu berichten.

„Davon haben wir auch schon gehört.", pflichtete Unki bei und Mitti nickte zustimmend. „Deshalb sind wir nun zu dir zu Besuch gekommen?", legten die beiden etwas frech nach.

„Nein, nein, es ist bei der Schließung der Porzellanfabrik leider etwas passiert, das unbedingt gelöst werden muss. Wie schon gesagt, war das bereits im Herbst letzten Jahres, aber vor ein paar Tagen wurde diese Information erst bekannt.", erläuterte Frau Mahlstein weiter und streichelte dabei den Hund Mogli.

„Wir wollen aber jetzt zu gerne wissen, was wir damit zu tun haben und vor allem, wie wir vielleicht helfen können.", setzte Unki das Gespräch fort.

Mittlerweile dämmerte es und das Licht der roten Kerzen ließ den Raum in einem mystischen Glanz erscheinen. Frau Mahlstein senkte ihre Stimme und begann zu flüstern: „Es gab da einen Künstler in der Porzellanfabrik, der hat die Angewohnheit immer wieder seltene und fast vergessene Worte in die Porzellanmasse zu schreiben. Er hat diese dann brennen lassen und in einem zweiten Schritt in wunderschönen Farben angemalt. Alle samt hat Vincent gut verstaut. Das Gerücht besagt, dass es eine versteckte Botschaft gibt, wenn sämtliche Porzellantäfelchen zusammengelegt werden."

Unki und Mitti schauten sich fragend an und lauschten Frau Mahlstein ganz aufmerksam: „Diese Sammlung wurde seit jeher in der Porzellanfabrik sehr gut aufbewahrt, ist aber nun spurlos verschwunden."

„Wo sollen wir denn da mit dem Suchen anfangen? Hast du überhaupt eine Ahnung?", erwiderten Unki und Mitti mit sehr fragendem Blick.

Frau Mahlstein gab zunächst keine Antwort, sondern stand auf, um nach dem aufgesetzten Fleisch- und Gemüseeintopf zu schauen. Kurze Zeit später mischte sich zu den weihnachtlichen Gerüchen noch eine Komposition aus leckerem Fleisch mit Gemüse. Unser Hund Mogli lief gleich diesem Duft hinterher und es hatte den Anschein, dass er etwas von diesem Essen bekommen möchte.

Beim gemütlichen Abendessen ging es mit den Überlegungen zu den verschwundenen Worten und dem fehlenden Text weiter. „Ich denke, dass wir dazu auch Willibert Wiesel mit seiner Antasi einschalten sollten. Er hat uns schon bei der Suche nach dem verschwundenen Rezeptbuch von Lunelli Lebkuchen geholfen und hat auch in diesem Fall sicher eine passende Lösung parat.", gab Unki zu bedenken. Alle ließen sich den Eintopf schmecken und waren sehr froh darüber, zumindest eine Idee zu den Wörtern in Porzellan zu haben.

Willibert Wiesel und Antasi wussten zunächst nichts von ihrem Auftrag, bis wie gewohnt zu später Stunde, sein grünes Wählscheibentelefon klingelte. Es war zudem auch ausgerechnet ein Sonntagabend, an dem es Willibert Wiesel vorzog, sich mit einer Lektüre gemütlich zu machen und die Woche langsam einzuläuten und Antasi schon schlummerte.

„Ring, Ring!", machte es mit einem fast schon scheppernden Klang. „Was um Himmelswillen gibt es zu so später Stunde denn noch zu besprechen?", grummelte Willibert vor sich hin und lief gemächlich von seinem Ohrensessel zum Telefon.

„Ring, Ring, Ring!", machte es unaufhörlich weiter und wäre der Meisterdetektiv kurze Zeitspäter nicht rangegangen, dann wäre der Hörer wohl selbst von der Gabe gesprungen. Mittlerweile flog auch die Navigeule wie vom Blitz getroffen durch den Raum und war ebenso neugierig, was Willibert Wiesel zu berichten hatte.

„Keiner weiß es, ich weiß es!", begann der Meisterdetektiv und erfuhr unmittelbar, was der Anruf auf sich hatte. Seinen Freunden Unki und Mitti sagte er sofort seine Unterstützung zu und verabredete sich für den kommenden Tag zu einer ersten Lagebesprechung.

So geschah es dann auch und Willibert Wiesel traf sich mit beiden in seinem Büro, um genau über das Verschwinden der Wörter zu reden. „Ich weiß nicht so recht, ob ich da vielleicht schon einen ersten Anhaltspunkt habe.", überlegte der Meisterdetektiv laut vor sich hin. Dabei lief er sichtlich aufgeregt durch seinen Raum, während die Navigeule noch ganz ruhig und entspannt auf ihrem hohen Bücherregal saß. Unki und Mitti waren mit Mogli ebenso gespannt, zu welcher Erkenntnis Willibert Wiesel wohl kam.

Dieser kramte aus seinem unaufgeräumten Schreibtisch eine alte Mappe mit verschiedenen Unterlagen heraus. Schon beim Öffnen dieses Hefters kam einem der modrige Geruch der vergilbten Seiten entgegen. Es war aber wohl weniger entscheidend, denn im Licht seiner kleinen Schreibtischlampe konnte er gerade einmal den Inhalt und Wortlaut einer gesammelten Korrespondenz erahnen.

„Mühlen", begann der Meisterdetektiv von neuem und es war wirklich ein Indiz auf eine erste Spur. „Hier haben wir einen kleinen Lageplan, einen Prospekt und allerlei Briefe aus dieser Porzellanmanufaktur. Wenn ihr euch jetzt fragt, warum ich das habe und auch noch genau zu diesem Zeitpunkt in die Hände nehme, dann ist die Antwort eine ganz einfache: Vor ein paar Wochen habe ich diese Papiere auf einem Flohmarkt in der Stadt erstanden. Mich hat das merkwürdige Symbol auf der Titelseite neugierig gemacht, dass ich dieser Sache unbedingt auf den Grund gehen wollte. Aber ihr wisst ja, die Arbeit und die vielen Aufträge lassen einfach keine Zeit, um sich mit seinen eigenen Interessen ausgiebig oder auch nur ansatzweise zu widmen."

Unki und Mitti kamen dem Detektiv und seiner Mappe näher, um auch einen Blick darauf zu werfen. Beim genauen Hinschauen auf den Umschlag haben sie das Symbol ausführlich in Augenschein genommen. So richtig beschreiben konnte man es nicht, es sah ein bisschen aus wie ein U mit einem verbundenen E oder vielleicht auch ein Glückshufeisen, das um drei Stellen festgehalten wurde?

Natürlich war es zu diesem Zeitpunkt nicht so richtig klar, was das alles bedeuten sollte. Eines stand aber fest: Die Neugier auf den Ursprung des Symbols war ungebrochen. Die Navigeule Antasi war von ihrem Schläfchen aufgewacht und hat sich zu den Dreien gesellt, während Mogli genau das Gegenteil machte und sich gemütlich zum Schlummern legte.

Draußen hörte man die ersten Vogelstimmen des herannahenden Frühlings und ebenso erlaubten es sich auch die noch leichten Sonnenstrahlen ihren Weg durch das zugezogene Fenster von Willibert Wiesel zu suchen.

„Du hast absolut keine Idee, was es mit diesem Symbol auf sich hat?", wollte sich Unki nochmals sicher sein. Willibert Wiesel senkte seinen Kopf und schüttelte diesen ganz enttäuscht.

„Es wird Zeit, dass wir uns auf der Suche nach dieser Antwort machen und dabei hoffentlich auch die verlorenen Wörter in Porzellan wieder entdecken.", forderte Mitti alle auf und wollte schon nach draußen aufbrechen.

„Wo willst du denn hin, lieber Mitti?", fragte der Meisterdetektiv. „Wir haben noch keinen weiteren konkreten Anhaltspunkt. Lasst uns die Mappe aber doch noch ein bisschen genauer unter die Lupe nehmen.", fügte Willibert Wiesel mit voller Entschlossenheit hinzu.

Wie schon berichtet, waren darin allerlei Aufzeichnungen in scheinbar wahlloser Anordnung zusammengefügt. Doch beim genauen Durchblättern entdecken die Drei auch ein paar Schriftzüge, die mit einer uralten Schreibmaschine verfasst wurden. Diese wurden auf einem äußerst dünnen Papier geschrieben, für das man beim Lesen aufpassen musste, dass es nicht zerreißt oder die oberflächliche Druckerschwärze ganz verschmiert.

Ein kleiner Brief weckte dabei ganz besonderes Interesse. Es waren Zeilen aus dem Jahr 1953 mit folgendem Wortlaut:

„Sehr geehrte, Freunde und Geschäftspartner, wir beziehen uns auf unser Telegramm der letzten Woche. Wir erlauben uns von Ihnen von Ihrem einzigartigen Material einige Rohtafeln zu bestellen. Bitte beliefern Sie unseren Laden in der Nähe des alten Güterbahnhofes. Wir benötigen die Sachen ziemlich bald und ersuchen Ihre vorzügliche Hochachtung auf fristgerechte Lieferung.
In bester Verbundenheit
Ihre Firma U. E."

Beim Lesen dieser Zeilen bekommen alle immer größere Augen und hielten für einen Moment inne, um die Worte auf sich wirken zu lassen. Schließlich entgegnete Mitti: „Aber klar, das ist die Porzellanfabrik, die in der Nähe des alten Flusses am Güterbahnhof stand. Ich bin dort schon einmal vor Jahren gewesen, als Unki mit mir unterwegs gewesen ist. Die Fabrik ist ein langes, weißes Gebäude mit einem riesigen Turm am Ende. Der Turm besteht aus unzähligen kleinen Fenstern und soll der Überlieferung nach nur Innentreppen beinhalten, sonst nichts weiter darin."

Unki konnte sich daran erinnern und Mogli gab ein beipflichtendes Nicken, denn er war schließlich mit von der Partie bei dieser Aktion. „Keiner weiß es, ich weiß es!", pflichtete Willibert Wiesel hinzu und nahm seine überdimensionale Lupe, um sich den Brief noch einmal genauer anzuschauen. Das Papier war wirklich sehr dünn, vielleicht auch wirklich nur besseres Butterbrotpapier. Für den Meisterdetektiv war es eine Herausforderung, dieses Stück Papier in seinen tollpatschigen Händen richtig zu halten.

„Wir sollten dringend zu diesem alten Gebäude aufbrechen, um nach weiteren Hinweisen zu suchen. Nur ist die Frage, in welche Zeit wir zurückgehen sollten, damit wir auch diesem Vorhaben genau auf den Grund gehen können?", fragte Willibert Wiesel überlegt.

„Wir haben unser Zauberbuch und unsere Zeitfeder hier, lieber Willibert. Wir brauchen doch nur eine Seite aufschlagen etwas zu denken, den Rest kennst du ja.", erklärte Unki siegessicher und wollte das Buch gleich in die Hand nehmen. Außerdem wussten alle, dass der Brief aus dem Jahr 1953 ist, also sollte es kein Problem sein, auch in diese Zeit zurück zu reisen. Sanft und in äußerer Behutsamkeit öffnete Mitti das Zauberbuch. Kurze Zeit später tanzte die regenbogenfarbige Zeitfeder wieder auf dem

Papier, wenn auch nicht in der sonst gewohnten Geschwindigkeit. Mit Konzentration dachten alle an die Situation und die Feder begann sie schließlich in das Geschehen hinein zu ziehen. Wenige Augenblicke später standen die fünf Entdecker vor einer leerstehenden Fabrikhalle und auch der besagte Treppenturm war da.

Beim genauen Hinsehen erhaschten sie an der Eingangstüre gleich ein großer Schild, auf dem in roten Lettern stand: Wir schließen zum 31.12.2007 unsere Pforten. Vielen Dank für Ihr Vertrauen.

„In welcher Zeit sind wir denn nun angekommen? Haben wir nicht etwas von 1953 gedacht?", wollte Unki wissen und ihre Enttäuschung war deutlich im Unterton zu spüren.

Antasi flog gleichzeitig über das Gebäude und Mogli begann eine kleine Erkundungstour. Doch es war kein Hinweis und überraschenderweise auch keine Person zu sehen, die einem auch nur ansatzweise helfen konnte.

„Wir müssen also wirklich weiter zurück. Denken wir noch einmal ganz genau an das Jahr 1953!", gab der Meisterdetektiv zu bedenken.

„Unser Zauberbuch ist aber auch schon fast voll und auch die Feder schreibt nicht mehr so richtig gut, wahrscheinlich geht die Tinte langsam leer. Wir müssen uns beeilen und außerdem gut aufpassen, dass wir auch wieder in die Gegenwart zurückkehren. Ist das Buch voll oder die Tinte leer, bleiben wir für immer in der Geschichte stecken.", gab Unki zu bedenken. Mogli kam kurz darauf wieder zurück und mehr als eine vollkommen nasse Schnauze war auch nicht bei ihm zu entdecken.

Also wurde das Buch erneut aufgeschlagen und die Feder in die Hand genommen, um einen weiteren Schritt in die Zeit zurück zu reisen.

Einmal die Augen kurz geschlossen wurden alle von derselben erneut in eine Geschichte hineingezogen und dieses Mal brachte die Zeitzauberfeder sie tatsächlich zurück in das gewünschte Jahr 1953. Geschäftiges Treiben herrschte vor dem Fabrikgebäude. Zwei in die Jahre gekommene LKWs befuhren die holprige Straße. Durch ein lautes Hupen wurden die Entdecker aus ihrem neugierigen Staunen herausgerissen. Jetzt war die weiße Halle komplett erleuchtet und die Schlöte rauchten. Es war zu diesem Zeitpunkt sehr warm und die Sonne schien kräftig vom Himmel. Die Eingangstür zur Porzellanfabrik stand offen und sie wurden dort gleich in Empfang genommen.

„Guten Tag, die Herrschaften. Sie wünschen bitte?", begrüßte sie ein Mann mittleren Alters. Dieser trug eine grüne, aus Leder bestehende Kappe, eine viel zu kleine schwarze Brille und

eine sonst von Kopf bis Fuß dreckige Schürze.
Aus dem gekräuselten Vollbart heraus sprach
dieser mit einem Grashalm in den Mund weiter:
„Wir haben heute keine Besichtigung und auch
keinen Werksverkauf. Sie können aber gerne
nächste Woche wiederkommen."
Noch bevor dieser die Türe schließen wollte und
auf eine Reaktion zu warten, lenkte Willibert
Wiesel ein. „Ein Moment bitte. Wir kommen in
offizieller Mission. Die Organisation zur
Überprüfung von Porzellan aus Tonasien schickt
uns. Wir sollen mit dem Werkstattleiter
sprechen und das Qualitätsmanagement
durchführen. Wir wurden hier nicht
angemeldet?", fragte der Meisterdetektiv keck.
„Qualitäts..., was?", stotterte der Mitarbeiter
vollkommen verunsichert.
„Qualitätsmanagement!", wiederholte Unki kurz
und nahm das Zauberbuch, um so zu tun, als ob
sie einen ersten Eindruck aufschreiben wollte.
Während Willibert Wiesel noch mit dem Mann
weiter sprach, flüsterte Mitti zu Unki: „Das ist
doch ein Begriff, den man in dieser Zeit
überhaupt nicht kennt. Wir dürfen uns nicht
verraten, sonst kommen wir mit der Zeitfeder
nicht mehr weiter und geschweige denn zurück.
Dann sind wir für immer hier festgehalten."
Mittlerweile waren sich Willibert Wiesel und
seine Freunde mit dem Mitarbeiter Wango

Wahner einig und sie durften das Gebäude betreten. An einer langen Tischtafel saßen unzählige Mitarbeiter, die allerlei verschiedene Aufgaben zur Herstellung von feinem Porzellan hatten. Neben Formenmachen und -gießen, gab es auch das Entgraten und zum Schluss das Anmalen der schönen Objekte. Unki, Mitti und Willibert Wiesel befanden sich im Gebäude, während es sich Antasi und Mogli draußen gemütlich machten. Sie durften nämlich aus Gründen der Sicherheit nicht mit in die Räumlichkeiten. Nach dem Rundgang durch die Fabrikhallen brachte Wango Wahner die drei Freunde zum Werksleiter in sein Büro. Dieses war durch eine Tür mit riesigem Glasfenster von der Produktion abgetrennt.

Nachdem sie sich vorgestellt hatten, ging Wango wieder an seinen Platz als Pförtner an der Eingangstür zurück. Unki, Mitti und Willibert Wiesel führten mit dem Chef des Hauses ein langes Gespräch. Dabei saßen sie auf ziemlich klapprigen Holzstühlen vor einem viel zu kleinen Schreibtisch, auf dem neben einem alten Telefon nichts weiter als ein Füller, unzählige Papiere und eine moosgrüne Schreibmaschine stand.

Direkt dahinter war ein Fenster, von dem man die Nachmittagssonne sehen konnte. Es roch nach verbrauchter Luft kombiniert mit einem Hauch von altem Papier.

Doktor Porzel-Lan, wie sich später als der Name des Chefs herausstellte, beantwortete alle möglichen Fragen rund um das Thema Produktion im eigenen Haus. Übrigens konnte man auch den Hefter entdecken, den Willibert Wiesel auf dem Flohmarkt erstanden hatte. Schließlich gab es die gewünschte und entscheidende Information: „Ja, wir produzieren auch kleine Schilder mit Namen oder allen sonstigen, was man noch darauf schreiben kann. Das ist aber nur eine kleine Sparte hier im Werk, denn hauptsächlich fertigen wir Waren des täglichen Gebrauchs oder schöne Dinge, die man sich als Dekoration aufstellen kann. Jetzt in der Zeit nach dem Krieg, wo jeder wieder eine Arbeit hat und man gutes Geld verdient, beginnen alle ihre Wohnungen schön zu machen. Unsere Ware ist die beste weit und breit. Das wird auf die nächsten Jahrzehnte auch ganz bestimmt so bleiben. Wenn ich da nur an die Aufträge aus Übersee denke, wird mir schon ganz schwindelig von den Gewinnen.", schwärmte der Werksleiter vollkommen im Gedanken versunken vor sich hin.

„Das ist aber in Zeiten einer Wirtschaftskrise und neuen Märkten aus Fernost auch nicht mehr so. Wenn ich da an die Schließung im Jahr 2007 denke.", lenkte Midi vollkommen unüberlegt ein.

„Was für eine, wie sagten Sie doch gleich,

Wirtschaftskrise? 2007? Das ich nicht lache. Wer weiß schon, was in mehr als einem halben Jahrhundert alles noch geschehen mag. Das ist alles noch Zukunftsmusik, werter Freund.", beschwichtigte Doktor Porzel-Lan, während Unki ihrem Mann einen heftigen Knuffer in die Seite gab und ihm zum Einlenken bringen wollte. Willibert Wiesel ging zum Glück zurück auf die ursprünglichen Gedanken.

„Werter Herr Lan", begann er, dabei wurde er von ihm gleich korrigiert: „Porzel-Lan, werter Freund, wenn ich Sie höflichst bitten darf."

„Oh, ja, lieber Herr Doktor Porzel-Lan, wenn ich Sie nochmals auf die Schilder ansprechen darf. Hätten Sie die geschätzte Freundlichkeit uns genau diesen Geschäftszweig bitte einmal direkt und konkret zu zeigen?"

Nichts lieber als das hat der Werksleiter gemacht, denn er wollte den freundlichen, aber doch ziemlich unpassenden Besuch möglichst schnell wieder loswerden, da er noch wichtige Ferngespräche mit neuen Handelspartnern führen wollte. Unki, Mitti und Willibert Wiesel durften ein ausführliches Auge auf die Produktion von Porzellanschilder werfen und dabei sich ein genaueres Bild machen, wie diese hergestellt werden. Fertige Schilder wurden in kleinen beigen Päckchen verstaut und mit grauen

Papier ausgefüllt, bevor sie auf eine Holzpalette gestellt wurden. Die Worte wurden von drei Mitarbeiterinnen von Hand auf das Material geschrieben und nach dem zweifachen Brand mit verschiedenen Farben angemalt und schließlich versandfertig gemacht. Dabei standen wirklich alle denkbaren Worte darauf und ebenso seltene, schon längst vergessene.

Unsere Freunde erfuhren, dass es für die Schilder die ganz unterschiedlichsten Abnehmer gab, manche aber auch überhaupt nicht verkauft wurden, da die Menschen mit den Worten nichts anfangen konnten oder sie nicht haben wollten. Es war fast so, als ob diese Wörter nicht nur vergessen, sondern bewusst aus dem Gedankenschatz eines jeden einzelnen verbannt wurde. Die Päckchen, die nicht verkauft wurden, standen in einer Abstellkammer gleich neben den Arbeitsplätzen und dort harrten sie ihrer Dinge. Willibert Wiesel, Unki und Mitti wurden auch in diesen Bereich geführt und erinnerten sich, dass dieser Teil des Gebäudes in der Gegenwart bzw. Zukunft gar nicht mehr stand. In ihrer Zeit ist dieser Gebäudekomplex infolge eines schneereichen, nassen und wiederum sehr kalten Winters in sich zusammengestürzt und wurde nach dem fast vollkommenen Einsturz auch abgerissen.

Nach einer Weile haben die Drei wieder zusammen mit dem ungeduldig wartenden Begleitern Antasi und Mogli vor der Fabrik gestanden. Ein wenig schlauer, aber auch gleichzeitig verunsichert, machten sie sich mit der Zeitfeder und im Zauberbuch zurück in die Gegenwart in das Büro von Meisterdetektiv Willibert Wiesel.

„Also, das ist ja so ein Ding. Wie sollen wir denn an die Porzellantafeln kommen, wenn das Gebäude in diesem Teil gar nicht mehr steht?", fragte Mitti mit leichter Verzweiflung und auch Mogli schien von der zunächst ausweglosen Situation gemerkt zu haben, denn er senkte auch seinen Kopf mit angeklagten Ohren. Hunde mit eingeklemmten Ohren sind meistens ganz besonders nachdenklich. Nach wie vor fiel ihr Blick auf die orange Mappe, die weiterhin auf dem Schreibtisch von Willibert Wiesel lag

Mitti wagte einen weiteren Vorschlag: „Wie wäre es, wenn wir noch einmal in die Unterlagen schauen, lieber Willibert?"

Einen Vorschlag vor der eigentlichen Idee eines Meisterdetektivs zu machen ist fast schon eine Anmaßung, aber Meister Wiesel fand die Idee sehr gut. Unki und Mitti schauten gespannt auf die Papiere, während Willibert gründlich darin blätterte. Beim genauen Hinsehen fand er einige schwarz-weiße Fotos von einem Gebäude, das zunächst vollkommen unbekannt für ihn und seine Freunde war. Zu sehen war ein großes Haus, das in der Mitte einen kleinen Aufgang hatte, der aus ein paar Treppenstufen bestand. Über die Außenfläche gab es Fenster, die mit weißen Vorhängen von innen verhangen waren. Vor dem Haus konnte man alte Autos erkennen, die auf der nach unten fallenden Straße in einer Reihe parkten.

Die drei Entdecker schauten sich fragend an, erkannten im Hintergrund zugleich weitere Gebäude, die ihnen wiederum nicht unbekannt vorkamen.

Unki gab dann den entscheidenden Gedanken Anstoß: „Kann es vielleicht sein, dass in der gleichen Stadt, in der die Fabrik steht bzw. stand auch die übrigen Häuser zu finden sind? Ich glaube, dass uns allen die Umgebung auf den Fotos nur allzu vertraut ist."

Willibert und Mitti pflichteten ihr bei und auch Mogli und Antasi gaben nickend ihre Zustimmung. Schließlich entdeckte der Meisterdetektiv einen weiteren entscheidenden Hinweis. Lag der kleinen Bilderserie auch noch eine Aufnahme aus dem Jahr 1969 bei. Darunter stand die Information, dass es sich hierbei um die letzte Stadtratssitzung handelte, die im historischen Stadt Rathaus abgehalten wurde. Fast wie in einer Wirtsstube sah das Bild auf dem ersten Blick aus. An der Stirnseite konnte man den Oberbürgermeister entdecken, um den im Halbkreis eine beachtliche Anzahl von Herren im fortgeschrittenen Alter saßen.

Zufällig waren in diesem orangen Ordner noch fragmenthafte Aufzeichnungen, was an dieser Sitzung alles besprochen wurde. Willibert Wiesel las einen Auszug der Rede des Oberbürgermeisters vor:

„Werte Mitglieder des Stadtrates, nachdem nun der Abriss unseres Rathauses beschlossene Sache ist und auch die Planungen bzw. Entwürfe für den Neubau derzeit zur Prüfung stehen, habe ich noch einen weiteren Tagesordnungspunkt auf meiner Liste. Es geht heute um die Anschaffung von kleinen Porzellantafeln mit Wortprägungen aus unserer hiesigen Porzellanmanufaktur. Ich gebe zur Abstimmung die Frage, wer sich für eine solche Anschaffung zur Verschönerung unseres neuen Gebäudes ausspricht."

Weiter wollte der Meisterdetektiv diese Rede nicht vorlesen, da viel mehr interessant war, wie es sich nun mit den Porzellantafeln verhielt. Einige Augenblicke und Seiten weiter stand fest: „Wir müssen genau zu diesem Zeitpunkt in die Geschichte zurückkehren. Dann haben wir auch noch eine konkrete Lösung für unsere Suche.", gab Willibert Wiesel zu bedenken.

„Aber unser Zauberbuch hat nur noch zwei freie Seiten und auch die Tinte für die Zeitfeder ist fast vollkommen aufgebraucht.", erwiderte Mitti und hoffte insgeheim, dass es keine weitere Zeitreise mehr geben würde. Aber weit gefehlt! „Lasst uns gleich an diesem Ort kehren, um der nach den Porzellantäfelchen zu suchen.", überstimmten Willibert und Unki die Meinung von Mitti.

Ein weiteres Mal begann die Feder auf der vorletzten Buchseite zu tanzen und so die Entdecker erneut mit Sternenwirbel ins Jahr 1969, genauer gesagt an den 23. Januar zu bringen.

Wie immer unsichtbar haben Willibert, Unki, Mogli und Antasi die eben noch auf dem Foto zu sehende Situation direkt aus dem Hintergrund miterleben dürfen. Wie sich gleich herausstellte, fiel die Entscheidung zur Anschaffung der Porzellantäfelchen mit großer Mehrheit positiv aus. Gleichzeitig erfuhr man, dass diese bereits am nächsten Tag geliefert werden sollten, damit alle Mitglieder des Stadtrates sich ein Bild von diesen machen konnten.

Unki, Mitti und Willibert Wiesel hatten somit noch ein paar Stunden Zeit, dass sie sich von den festgehaltenen Worten und dem möglichen geheimen Text überzeugen konnten. Das Ausfindig machen war durch ihre erste Reise zur

Porzellanmanufaktur einfach. In den Kartons gab es eine unüberschaubare Anzahl von Wörtern, von denen wohl heute viele vergessen oder nicht mehr benutzt wurden.

Unki liebte es, mit den Porzellantäfelchen zu puzzeln und es ergab sich in der Tat das ein oder andere spannende Wort oder ein paar schöne Gedanken, die die Suche nach diesen Objekten lohnenswert gemacht haben.

Glaube nicht alles, was du hörst.
Beurteile nicht alles, was du siehst.
Was auch immer du in Worten
oder Werken machst, mache es aus tiefster
Überzeugung zum Guten.
Hör auf dein Herz und folge deinen Träumen,
denn sie kennen deinen Weg.
Sei guten Mutes!

Mit einem Mal umwirbelten Willibert, Mitti und Unki mit ihren Begleitern erneut Sternenstaub und sie befanden sich Sekunden später wieder im Büro von Willibert Wiesel. Diesmal schien es so, als ob die Geschichte plötzlich zu Ende war, allerdings war das Zauberbuch auf der letzten Seite in der letzten Zeile angekommen. Die Zauberfeder hatte jetzt keine Tinte mehr und lag vorsichtig daneben. Besonders Unki und Mitti mit ihrem Hund Mogli freuten sich darüber, dass sie mit diesem Buch und dieser Feder aus ihrem Urlaub so viele tolle Erlebnisse gehabt haben.

Ein Wiedersehen mit Freunden und Bekannten aus früheren Geschichten hat das Erlebte um eine Vielzahl bereichert. Über eines sind sich alle jedoch im Klaren: Auch wenn viele Rätsel gelöst wurden, gibt es sicherlich in der Zukunft noch neue Abenteuer zu erleben. Umso mehr war es überraschend, dass sich ein Briefumschlag auf dem Bürotisch von Meisterdetektiv Willibert Wiesel befand. Durch den Trubel der vergangenen Wochen und Monate wurde dieser erst gar nicht richtig wahrgenommen. Vielleicht kommt bald die Zeit, sich mit dem Inhalt genauer zu befassen. Bleiben wir gespannt.

Danksagung

Mit sehr großer Freude möchte ich mich auch in diesem Jahr bei meiner Frau Martina ganz herzlich bedanken.

Bedanken heißt dabei für mich zum ersten für die unzähligen Anregungen beim Schreiben der neuen Geschichten zum Weiterdenken.

Bedanken möchte ich mich zum zweiten für die liebevolle Gestaltung des Titelblattes zu diesem neuen Geschichtenband.

Bedanken schließlich zum dritten für die Zeit mit dem Lektorat der Texte.

Geschichten zum Weiterdenken

	Süßigkeiten zum Lesen ISBN: 978-3-7460-1379-4 Verlag: BOD Norderstedt
	Weihnachten auf Schloss Fantasie ISBN: 978-3-7460-1393-0 Verlag: BOD Norderstedt
	Lebkuchengasse ISBN: 978-3-7528-9187-4 Verlag: BOD Norderstedt
	Zirinis Zauberstube ISBN: 978-3-7504-0968-2 Verlag: BOD Norderstedt

Alle Bücher sind auch als ebook erhältlich.

Weitere Neuerscheinung im Herbst 2020

Kreativitäten und Denkwaren
Fast poetry with slow words
- Spontanliteratur –

Verlag:
Twenty-six/Randomhouse
ISBN 978-3-7407-6934-5